Florencio y los pajaritos de Angelina su mujer

New York, NY.

Colección  Sudaquia

Florencio y los pajaritos de Angelina su mujer

Francisco Massiani

Sudaquia Editores.
New York, NY.

Published by Sudaquia Editores
Cover and book design by Jean Pierre Felce
Cover Illustration by Francisco Massiani

First Edition Fundación para la Cultura Urbana 2005

First Edition Sudaquia Editores: October 2012
Sudaquia Editores Copyright © 2012 All rights reserved.

Printed in the United States of America

ISBN-10 1938978021
ISBN-13 978-1-938978-02-9
10 9 8 7 6 5 4 3 2 1

Sudaquia Group LLC
New York, NY 10016

For information or any inquires: central@sudaquia.net

www.sudaquia.net

The Sudaquia Editores logo is a registered trademark of Sudaquia Group, LLC

Contenido

A mi hija, Alejandra Massiani

Zapato nuevo, zapato solo

A Luis Yslas Prado

En tardes así, aun la promesa de una fiesta cercana no nos sirve para nada. Lo digo porque ayer cuando me fui al café de los pájaros sabía que el sábado me encontraría con Yoli, que todos estaríamos reunidos, que podría deshacer durante algunas horas ese sabor a tedio viejo que me viene gastando desde hace tanto.

Son tardes en las que a uno le da tristeza saber que se está estrenando un par de zapatos nuevos, que la vieja nos ha dejado un dulce que trajo de la pastelería de la esquina, que daña el recuerdo de nuestro viejo caminando encorvado por el cansancio o tal vez otro recuerdo que también lo daña. Jode ver al mozo con una chaqueta recién llegada de la lavandería, te entristece la carrera de una señora elegante para evitar que un automóvil le salpique el charco en el vestido, que un niño tenga que regresar tan tarde después de tanto tiempo en el colegio. Tú ves a la gente en los automóviles y te parece increíble que no detengan los motores, que no se abracen en la calle, que no inventen una fiesta en vez de seguir sudando tanta irritación inútil, a ti mismo te duele pensar en qué va a parar el pantalón que te compró tu hermano en tu cumpleaños. Duele hasta la sonrisa del mozo cuando te deja el café y se esconde detrás de la puerta para darle una aspirada al cigarro. El tiempo va envejeciendo unas ganas horribles de abrazarte a ti mismo, de ser buenos con tus manos, de darles un golpecito amistoso a las rodillas, de rascarte con cariño la cabeza, la pierna, de pintarte un barco en el brazo. No sé. Provoca subir a cualquier piso, tocar a cualquier puerta y decir que han sido premiados con chocolates o flores, que el domingo ganarán un premio de juventud eterna. Pero no quedarse sentado dejando que se pudra tanta tristeza inútil, esa madurez de vida maltratada sin sentido que te retuerce la garganta.

En tardes así uno debería quedarse en casa y jugar cualquier cosa, no salir a la calle, meterse bajo la cobija y tomarse un cafecito. Fumarse un cigarro. Qué sé yo. Pero uno no debería salir de la casa. Yoli lo sabe. Yo se lo dije el otro día. Pero Yoli no entendía. Me decía que los dos estábamos bien. Que por qué esa tristeza de repente. Que podíamos ir al cine. Que después teníamos una fiesta. Que por favor no me pusiera tan viejo y tan grave y tan tonto con la vida.

Yoli tiene razón. Además es una mujer joven y es bonita y tiene un cuerpo que te invita a la vida cuando la ves ahí a tu lado, y cuando se desnuda casi te pones a llorar y te dices que no es verdad, y no puedes creer que ella, tan bonita, esté desnuda. Que sea tan joven. Pero es que a pesar de todo, Yoli, entiéndeme, de golpe te pones a recordar por ejemplo la vez que tu vieja se puso a coserte el cuello de una camisa para que fueras elegante a la fiesta. Te pones a recordar la soledad de aquel profesor de música. Te pones a recordar y te juro que hasta sientes lástima por la caja de fósforos que botaste en la playa y se quedó sola en la orilla esperando que el mar la arrastrara adentro, Es estúpido, lo sé. Yoli tiene razón, pero entonces ¿por qué tendrá uno que comprar unos zapatos, verlos brillantes y nuevos, y pensar en el momento en que tu vieja entró en la zapatería y preguntó si tenían zapatos de punta chata? Qué sé yo, no sé, Yoli tiene la razón, toda la razón del mundo, qué vaina.

Ella decía:

—Pero no lo veas así, por favor, Juan.

Claro que tenías razón. Yoli, lo sé. Le dije que no sólo los zapatos, que casi todo.

—Pero tiene que haber zapatos —dijo ella.

—Supongo —dije.

—No seas tan tonto, Juan, por favor, piensa que tendremos una fiesta. A ti te encanta.

—No puedo dejar de pensar en los zapatos nuevos, Yoli.

—¿Por qué no te los quitas? —me dijo.

—No debí decirle a la vieja que los comprara —dije yo.

Yo decía tonterías y ella trataba de animarme y yo seguía siendo un perfecto idiota triste que no podía alegrarse y ser feliz con una muchacha joven y bonita y que merecía ser feliz lo más pronto posible. Pero no podía. Y tampoco eran los zapatos.

—¿Entonces qué? —preguntó ella.

Yo no lo sabía. Claro que eran los zapatos pero era algo más que los zapatos.

—Dios mío —dijo ella—. Justo hoy tienes que ponerte así...

Dejamos el café y caminamos. Íbamos uno al lado del otro y yo trataba de olvidarme de mí. Trataba de sacarme esa estúpida sensación de cosa triste que me parecía la vida, y no podía. No pude, mejor dicho, no pude hacerlo. Uno no debería salir en días así, de verdad, uno debería quedarse en cama, dormir un poco, no sé, cualquier cosa pero no salir y menos con Yoli, que cuando salíamos de casa de los Fernández me pidió que por favor la besara, que por favor dejara de mirarla como si estuviera muerta. Yo la besaba, me gustaban sus besos, es verdad, incluso me provocó amarla en el auto, llevarla a laguna colina y amarla, pero podía más esa cosa de vida inservible, de tristeza madura, de juego ridículo que significaba vivir, comprarse unos zapatos nuevos. Le pedí que miráramos la ciudad, que se me pasaría todo, que me contara qué había soñado en esos días.

—No sé, no me acuerdo —me dijo.

—Trata de acordarte —dije.

—No puedo, pero ¿por qué tiene que ser de sueños? ¿Por qué no hablamos de ti, de lo que te está pasando?

Nos fuimos a una colina, cerca de El Hatillo. Yo me bajé del auto, cogí los zapatos y los arrojé cerro abajo. Se veía la ciudad y sentí frío en los pies. Se veían las luces de la ciudad. Con la altura el aire era más frío que en la ciudad abajo. Volví al auto y ella se rió.

—Tonto, eran lindos —me dijo.

Pensé en la vieja y se me amargó algo espeso que no me dejaba tragar. Ella me había dejado los zapatos al lado de la cama. Al despertarme los vi, estaban separados, se veían solos y demasiado nuevos, como si algún huésped elegante hubiera pasado la noche en casa y los hubiera olvidado junto a mi cama.

—¿Qué te pasa, Juan, por qué estás llorando?

Qué diablos, es todo tan estúpido, tan insignificante, tener que llorar por recordar los zapatos... Me gritó, porque bajé entre los árboles, no se veía bien, lo peor eran las espinas. Yoli arriba me gritaba, me pedía que subiera, que dejara la locura. Me resbalé de una raíz y me fui rodando hasta que un tronco de un árbol pequeño me aguantó, golpeándome la espalda. Los zapatos no aparecían por ninguna parte. Me había roto el pantalón de mi cumpleaños y los gritos de Yoli arriba; era tan desesperadamente insignificante y estúpido todo. Dios mío, era tan ridículamente innecesario todo eso...

Uno estaba a mi lado, la luz de la noche clara brillaba en la punta. Lo guardé en el bolsillo del pantalón y continué buscando el otro. Pero se hizo tarde. Yoli debía volver a su casa, habíamos perdido la noche completa en esa tontería.

–Hasta perdimos la fiesta –dijo Yoli.

Me sentía incapaz de hablarle, de besarla y de pedirle que e perdonara. Al volver a casa, dejé las llaves del auto del viejo sobre la nevera, y me metí en la cama, pasé la noche mirando el zapato, estaba solísimo. Pensaba en mamá, en Yoli, en mi hermano, en el zapato perdido, en el pantalón roto, en la fiesta. No deberían haber noches así, de verdad. Sin poder dormir, mirando un zapato solo.

Mañana bonita

A Rodrigo Blanco

En casa me tienen por loco. Es mejor así. Vivo tranquilo, no molesto a nadie y nadie me molesta. Me toman por loco porque no procedo igual a todo el mundo; prefiero oír música, escribir o ver mi colección de fotos que hablar con los demás.

Antes lo hacía, es cierto, pero me aburrí. Son pocos los que pueden dar algo bueno de sí y muy pocos los que no hablan de otra cosa que no sea la misma estupidez de siempre: que fulano es un pillo, que el otro es marica o que la fulana es puta; suelen expresarse muy mal de los demás aquellos que padecen de algún modo el mal descubierto en los otros. Está de más añadir que descubrimientos de estas características no provocan mi admiración. Los hay de sobra.

Sólo la ternura ayuda a las palabras y las hace buena compañía. Sin ternura se envejecen antes de temblar en la garganta y antes de tocar lo oreja del amigo que está cerca. Están secas, huecas y aburridas de ellas mismas. Entonces la gente mueve los brazos y los ojos y las manos y alza la voz y procura desesperadamente encontrar una anécdota para acabar con el silencio, cuando de seguro era más propicio, y más si pensamos que antes de encontrar al amigo veníamos acorralados y apresados entre cientos y millones de diferentes ruidos. Sin ternura las palabras son ruidos, ruidos de cosas huecas, como esos potes vacíos que de golpe alguien patea con furia en la madrugada. Por eso digo: sin ternura se envejecen y hasta se pudren y muchas veces buscan podrir un poco más lo poco o mucho que tenemos de podridos todos. Aunque confieso: la mala intención no ha conseguido jamás dañar mi buena fe. No piensen que soy un pedante al admitirlo. Si hay algo hoy en día que no puede ser admirado es la buena fe. Hoy sólo se envidia la viveza. Sobre todo, la que es capaz de engañar al prójimo.

Es agradable viajar en tren y es muy bueno divisar un hermoso paisaje y luego encontrar los ojos de Helga. Acercarme a sus manos y besarlas.

La tierra que atraviesa este tren es hermosa. Ahora, por ejemplo, es admirable la cantidad de verdes que se mezclan en los huertos; los adoquines de los pequeños pueblos y aldeas están mojados de rocío y brillan copiando el cielo, que es más bien gris claro con vetas celestes. Es verdad: con Helga pensé que sería suficiente nuestra ternura para salvarnos de las calamidades de nuestra ciudad. Pero no es cierto; no tardaríamos en agotar las fuerzas para defendernos; sabemos que la única forma de conservar nuestro amor es alimentándolo, complaciendo nuestros apetitos elementales, nuestras antiguas necesidades. Para que el sueño no se debilite. El entusiasmo.

Hablaba del tren porque comencé hablando de la casa y pueden imaginar que estoy en este momento en una casa. Estoy en un tren y viajo, como ya dije, hacia cualquier parte con Helga. Hemos convenido detenernos en todos los pueblos donde sea posible echarse sobre la hierba para respirar la tierra, ver todo el cielo, todas las nubes: detesto los jets, los automóviles, las motocicletas. Pero en cierto modo siento agradecimiento por los imbéciles que inventaron esos aparatos. Sin ellos no hubiera conocido la soledad. Si bien es cierto que la logré disfrutar con mis libros, con mi música, para no hablar de las fotografías, debo confesar que antes de mi encierro frecuentaba, como todo el mundo, todos los lugares donde se da cita todo el mundo. Pero el horror de los autos terminó por alejarme de la gente. Hasta el día en que encontré a Helga.

Es muy hermosa Helga. Tiene el cabello color arena; los ojos redondos y muy azules, un azul profundo, y su mirada es como la de una niña sorprendida por una fiesta. No hablo de su cuerpo porque no me gusta causar envidia. Ya lo dije. Y si no lo había dicho es bueno que lo recuerden: esta historia no tiene tal propósito. La escribo porque siento que es otra manera de encontrarme con ella. Para luego leérsela junto a algún río en algún hotelito de campo.

Fue un día cualquiera. Yo estaba sentado en mi cama mirando mis fotos, las tengo pegadas en todas las paredes de mi cuarto o las guardo en la mesa: paisajes, rostros encontrados por azar, en diarios y en revistas. Entonces sentí cansancio de soledad.

Papá es director de teatro. Por la amistad con los utileros, me he procurado bastantes trajes. Los tengo en el baúl. Me puse el de torero y me pareció muy triste. El de militar, ridículo. Me cansé de disfrazarme y me dejé la chaqueta militar y me puse un bombín. Entonces volví a la cama. Me fumé varios cigarros y leí a Rilke. No sé por qué pero hay una oración que me produce, sin yo comprender la razón, la nostalgia grata: "¡Ah, las primaveras te necesitaban!". Sucedió que yo leí a Rilke muy muchacho y muy enamorado de una mujer que ya no era una niña: nunca me aceptó, temía aceptar que ya no amaba a su marido. Bueno. Después de leer a Rilke me miré largo rato en el espejo. Me gusta verme en el espejo cuando recuerdo algún ser desagradable. El marido era un tipo desagradable. Después me senté nuevamente sobre la cama. Entonces sucedió algo asombroso. El cuarto comenzó a llenarse de humo, pero no el humo que acompaña al fuego. Era más liviano y muy blanco. Tanto que podía distinguir, como si me miraran desde muy lejos, los personajes fotografiados sobre las paredes. Hasta que me asustó la aparición: había una gallina saltando frente a mí. Pensé que en casa tenían razón al considerarme loco y salí a la calle.

Es dulce Helga. Ahora me ofrece una pera. Le sonrío. Le digo que después la morderé con gusto, que ahora escribo nuestro encuentro. Lo hago sobre la mesita plegable de la cabina de un tren. Y sé que conté que viajaba en un tren y lo repito porque hay gente olvidadiza y también porque no todo el mundo ha tenido la oportunidad de viajar en un tren. De ahí que sigan usando esas porquerías de automóviles.

Ustedes conocen cómo es una ciudad. Todas son iguales cuando no cuentan con un buen río. Esta ciudad tiene un río que ahora está enfermo. Los edificios, las autopistas acabaron con la vegetación y lo enfermaron. Un río donde no se pueda navegar ni pescar es un río enfermo; quiero decir, no es un río.

Lo digo porque, si salí al presentir la locura, casi me volví loco del todo. Tanta soledad me había apartado de la agresiva hostilidad de la ciudad. Caminé como un desesperado, de una esquina a otra, buscando dónde refugiarme del ruido, de la persecución de los vehículos, y aturdido por el sol y el calor. De paso, los bares que yo había frecuentado se habían convertido en otros negocios. "El buen amigo" resultó ser una farmacia. Esto puede resultar divertido para una persona normal, pero no para el que ha visto una gallina donde está seguro que no la hay.

Al ver a un buhonero me le acerqué. Entre otras cosas vendía frascos para hacer pompas. Me di cuenta de que me tomaba por loco y de que todo el mundo compartía su impresión. Entonces recordé que había jugado a cambiarme de traje. Llevaba puesta la chaqueta militar y encajado sobre la cabeza el pequeño bombín. La gente se detenía a mirarme, y el buhonero había dejado de sonreír. Me miraba esta vez con temor: el muchacho debía llegar a los ocho años de edad. Me acerqué. Siempre me ha gustado hacer globitos. Le dije que no tenía dinero, que yo quería un frasco, que no tardaría en pagárselo. Me lo entregó asustado y me pidió que me fuera.

No sé por dónde caminé. Buscaba calmarme un poco. Pensé que viendo globitos podía sentirme mejor. Cuando niño, si me sentía mal, soplaba globitos y me calmaba. Mi ciudad, además de contar con un solo río que de paso está enfermo, tiene pocos parques. Lo digo porque sentí deseos de orinar. Entré en una fuente de soda y pregunté por el baño. El que me respondió era de un país desconocido al mío. Me echó porque no quería tener locos en su casa.

Un loco orina en pleno centro de la ciudad sin importarle un bledo nada. Pero uno puede parecer muy loco y hasta ver una gallina dentro de un cuarto. Sin embargo, admito que sentía vergüenza de hacerlo.

Por fin encontré un edificio en construcción. Corrí y cuando llegué disminuí el paso. Me pareció que la obra estaba paralizada, que no había nadie. Entonces entré. Subí por una escalera y en el primer piso fui a orinar. Me agradó sentir el olor de la orina y el cemento. Había una botella tirada en un rincón y en el suelo unas bolsas de papel vacías. Al terminar de orinar, busqué una esquina y me senté. Entonces saqué el frasco. Por fin pude hacer globitos. De verdad comencé a sentirme muy bien; era agradable verlos suspendidos en el aire, desaparecer, brillar copiando las luces del día, el dorado, el celeste. Entonces una esfera liviana y transparente se reventó con su voz: entonaba muy suave una canción que yo no había escuchado antes. No lograba ubicarla. Las resonancias en aquella enorme construcción me confundieron, como si la misma persona se hubiera puesto de acuerdo con otra igual, para cambiarse de lugar. Busqué la voz. No debía encontrarse en el primer piso. Subí cuidadosamente al segundo, cuidando de no pisar nada que provocara su atención. Al llegar la vi. A Helga.

Estaba sentada en posición de loto. A un lado había un bolso de cuero. El vestido blanco dejaba ver los muslos. Tenía un pañuelo entre las piernas y sobre el pañuelo jugaba con las manos con un puño de llaves. El arreglo del cabello recordaba al de una niña de pocos años de edad vestida de fiesta. No sabía si retirarme o hablarle. Temía asustarla de no decidir. Ella continuaba jugando con las llaves. Las juntó y luego las dejó caer sobre el pañuelo. Creo que fue la bocina de un automóvil la que alzó su rostro. Entonces me vio.

- ¿Quién eres tú? -me preguntó-. ¿Qué haces aquí?

-Nada -le dije-. Perdona que te haya molestado.

- ¿Qué buscas?

-Nada. Te confieso que entré porque no vi a nadie, ningún albañil y porque tenía ganas de hacer pipí. Te oí cantar y te busqué, eso es todo.

-Parece que mañana vienen a trabajar.

Temí por su pudor. Por el temor que noté en sus ojos después de sonreír. Temí porque sintiera su sonrisa como prueba de confianza indeseada. Vio el frasco.

-¿Qué es eso? -dijo mirándolo.

-Un frasco. Un remedio.

Me miró la chaqueta y el bombín.

-¿Por qué tienes esa pinta?

-No sé, quería disfrazarme.

-Debes estar loco -dijo.

-Es posible. ¿Y tú qué haces con esas llaves?

-Son mis llaves. Aquí están todas las llaves de mi casa. Ésta era mi casa. Desde niña me gustan las llaves y las colecciono.

- ¿Ésta era tu casa?

-Sí. Acá donde estamos debió ser mi cuarto. Tenía una ventana muy bonita. Yo tenía porrones con flores y desde la ventana podía ver los árboles, los mangos, las mandarinas. ¿Tú no coleccionas nada?

-Fotos.

-¿Qué tipo de fotos?

–Todo tipo de fotos. Quiero decir que recorto fotos de todas partes y las pego en las paredes y las cambio de vez en cuando y otras las guardo. También me gusta mucho la música y escribir, pero sobre todo la música.

– ¿Y qué haces con las fotos?

–Me gusta verlas, me encanta ver fotografías.

– ¿Y ese remedio que llevas ahí?

Entonces confesé que eso no era un remedio. Me dolió aclararlo. Siempre sucede cuando mentimos frente a un ser que nos parece ingenuo. Nos reduce y nos avergüenza.

–Es un líquido especial para hacer globitos.

–¿De verdad?

–Sí, de verdad.

Helga trazó un círculo con el tacón del zapato dejando el otro como centro para girar sobre sí misma:

–Siéntate ahí y me dices la verdad. Ya me mentiste. Ahora dime: ¿quién eres?, ¿cómo te llamas?, ¿qué estudias?, ¿cómo te ganas la vida?, ¿qué quieres de ella?

Entonces me senté como un apache en el centro del círculo que Helga había trazado torpemente en el suelo.

–Me llamo Diego, vivo de mis padres. Ahora no estoy estudiando nada. ¿Y tú cómo te llamas?

–Helga. ¿Por qué me mentiste?

–Temí que me tomaras por un loco.

–Ven. Préstame el frasco. Tengo mil años sin hacer globitos.

Me acerqué y le entregué el frasco.

¿No tiene alambrito?

Se lo di. Ella abrió el frasco. Había entusiasmo en toda su cara. Estoy seguro de que recordó una travesura de su infancia. La vi soplar un gran globo. Se reventó contra la pared y dejó una leve mancha. Otros pequeños permanecían suspendidos y volaban más lejos.

Estuvimos un rato así; yo mirándola soplar globos, ansiando sus piernas y preguntándome qué podía hacer una muchacha vestida de niña recordando su casa y sus flores. Me atreví a preguntarle dónde vivía.

–En un lugar lleno de ruidos y de gente.

–En el mundo –dije.

–No, en el mundo no. Hay lugares tranquilos. Las iglesias, los estadios, los teatros, cuando no hay gente. Los parques son tranquilos. El Parque del Este en la madrugada está solo.

Seguía soplando globos pero me di cuenta de que su mirada ya no lo seguía.

–También colecciono mañanas bonitas –me dijo.

Puso el alambrito sobre el frasco, juntó las puntas del pañuelo y me lo extendió.

–Si quieres juegas con mis llaves.

Me paré para coger el pañuelo y me senté a su lado. Busqué entre las llaves la más vieja. Las llaves viejas me gustan. Casi todas eran llaves nuevas, llaves corrientes.

– ¿Por qué tumbaron tu casa?

Ella no respondió. En ese momento buscaba hinchar un

globo enorme. Pero le estalló. Creo que no le gustó la pregunta.

–Negocios de papá, quería tener más dinero.

Yo sentía que el entusiasmo que le produjo el frasco para hacer globitos desaparecía en cada soplo.

– ¿Y tú qué haces, Helga? ¿Qué te gusta hacer?

–Me gusta pintar flores silvestres. También las frutas. Terminé una manzana enorme el otro día. En una tela de un metro por ochenta centímetros. Cuando pinto una manzana, intento que sea más real que en la realidad misma, y hasta que no me provoca morderla no dejo de pintarla. El fondo de ese cuadro lo pinté color esmeralda.

–¿Y qué haces con los cuadros?

–Se los regalo a la gente que yo quiero. Tal vez haga una exposición. No tengo prisa. En la última manzana que pinté me tardé más de un mes. Pero me provocó morderla. Estaba lista.

–Pero las flores no se comen, ¿no?

–Además de las flores silvestres también pinto rosas y cuando pinto una rosa amarilla enorme, como la manzana, si no me provoca respirarla, arrancarle un pétalo y pasarla por mi mejilla, no la dejo quieta.

Estuvimos un rato callados, fumamos. Supe de un fracaso amoroso y de un tal Ramón.

–Diego, de verdad que me iba volviendo loca. Cuando llegaron las tarjetas para mi matrimonio, me fijé en sus manos. Yo nunca me había fijado bien en sus manos. Me llené de pánico de imaginarme que me iba a casar con esas manos. De paso, a mamá y a papá les dio por comprar las cosas que íbamos a tener en casa cuando nos casáramos. Eso me enfermó y tuve que hacerme la loca. Entonces me buscaron un médico y le expliqué que estaba muy mal de los nervios. Entonces, convencí a papá para que me mandaran a España. Me fui y que por dos semanas y me quedé seis meses. Allí conocí un pintor encantador. Se la pasaba borracho. Él venía de sufrir el divorcio y yo venía del lío de la huida de Ramón. Nos curamos. ¿Y a ti qué te pasó?

-Con Elena fuimos a una película. Llegamos tarde. La película no era muy buena pero la música era maravillosa. Era la última función y la última vez que la pasaban. El hecho de no poder escuchar nuevamente la música me deprimió y se lo comenté. «Te atormentas por nada», me dijo. Pero no sólo era la música, con todo en la vida sucedía lo mismo. Pensé que jamás volvería a escuchar esa música, como sucede cuando un ser amado se muere. Se nos va. Eso me distanció de Elena. Después en el encierro la veía muy poco. Finalmente, supe que estaba saliendo con Juan Luis. Un amigo común. Pero en realidad fue esa música lo que de alguna manera me rompió algo por dentro que me separó de ella.

Después estuvimos soplando globitos y jugando a conseguir el más grande o el más pequeño posible o el que más tiempo tardara en reventarse, y luego dejamos el frasco y nos quedamos callados y quietos. A pesar de encontrarnos muy distantes de una avenida muy transitada (tal vez por la hora, debían ser las seis aproximadamente), el rumor de los autos y las bocinas se metía dentro del cuarto. Escuchamos pasar un avión y poco tiempo después tres disparos. Desde donde nos encontrábamos, lográbamos ver el rincón de un jardín donde el follaje de un mango tapaba parte de la fachada de un edificio. Entre las hojas sabíamos que aún no era muy tarde; el cielo denunciaba la claridad de un pronto crepúsculo. Yo lo presentía de nubes delgadas, fresco y con estrellas prematuras y pulidas. Entonces sentí necesidad de tener su cuerpo abrazado al mío: su presencia emanaba una cálida temperatura, protegiéndome como un aliento nuevo y bueno para el cuerpo y no sé por qué imaginé dos manos cerrándose tímida y tiernamente al cubrir un animalito recién nacido. Pensé entonces en lo transitorio de la vida y sentí no miedo, pero sí un vacío parecido a la tristeza. Comprendí que habíamos conversado como pocas personas tenían la suerte de conseguirlo; nos habíamos confiado y vivíamos la alegría de la entrega, pero a la vez, yo notaba que mi tranquilidad perdía equilibrio cada vez que sin querer me encontraba observando sus labios, los muslos que el vestido no alcanzaba a ocultar y unas ganas enormes de abrazarlas y sentir todo su cuerpo se convirtieron bruscamente en un gesto; acerqué mi mano hacia el pañuelo y con el meñique toqué el dorso, apenas un nodillo del dorso de la mano que sostenía el frasco.

– ¿Lo quieres? ¿Nos vamos?

Entonces le rogué que no se moviera por unos segundos. Que por todos los cielos me escuchara. No debía sentir temor, yo no haría nada. Pero le rogué que permaneciera un instante más conmigo. Notó que temblaba.

–Pareces un niño –me dijo–. No me voy a ir. No te preocupes. Ni estoy loca, ni pienso que puedes dañarme y sé perfectamente bien que me dijiste la verdad y que ahora tiemblas porque deseas algo más que hablarme. Es cierto, ¿no?

–Sí, –dije–. ¿Siempre sabes lo que sienten por ti?

–No –respondió y me pareció disgustada–. Sólo cuando me dicen la verdad y cuando esa verdad me interesa. Yo también siento deseos de que me toques. Hazlo de una vez, por favor, y no te quedes como una momia eléctrica. Pero no te olvides de lo que voy a confesarte: jamás me he dado como hoy. Nunca. Y, aunque te parezca mentira, con Ramón no llegué a lo que ahora deseo llegar porque nunca me sentí completamente confiada en él. Si no lo crees puedes matarme, porque jamás me había confesado igual.

Entonces nos entregamos y fue maravilloso.

Yo me quedé adormilado y feliz. Luego ella se paró y me dijo que me dejaba. Le pregunté dónde podía encontrarla otra vez, que me diera su teléfono. Me dijo que en el Parque del Este, en la madrugada, podía encontrarla. También me recordó los teatros y los estadios vacíos. Y se fue. ¿Qué iba a hacer? Tenía mucha hambre y mucha sed. Sentía deseos de tomar cerveza, comer algo y me fui a casa. Poco después papá entró a mi cuarto.

Caminó, meneó la cabeza y dijo:

–Tienes que ver cómo haces. Tienes que cambiar de vida. Y poco antes de salir, me dijo:

–Esta noche presentamos una obra de Kanderling. Quiero que nos acompañes.

–No quiero salir.

–Te hará bien, seguro que te gustará.

–¿Quién es ese Kanderling?

–No sé quién es. Sólo conozco la obra que presentamos hoy:

«La dicha».

– ¿Y cómo vas a montar su pieza desconociéndolo?

–Tampoco lo sé.

–Tendrás éxito –dije.

–Lo sé –me dijo sonreído–. Levántate y acompáñame.

Papá tuvo razón: el público no sólo demostró su entusiasmo aplaudiendo al final en repetidas ocasiones. Incluso me pareció que todo el mundo parecía conforme con el alto costo de la entrada y en varias oportunidades escuché que Kanderling era extraordinario, y que su director, Pablo, mi padre, lo había interpretado como nadie. Una muchacha con nariz colorada, que se tapaba todo el tiempo como un pañuelo, preguntó quién era Kanderling. «Kanderling es Kanderling», le dijo un viejo que parecía su padre. «Es el colmo que no lo conozcas.» Yo me sonreí y sentí que copiaba la sonrisa de papá.

Papá y los actores me invitaron a un bar para celebrar el éxito de la presentación de la obra, pero yo preferí quedarme. Entonces caminé por el patio, entre las butacas, y finalmente la vi. A la muñeca. Estaba sentada en una silla. ¿Alguien la había olvidado? ¿Cómo podía ser tan parecida a Helga? La metí en mi maletín y la llevé conmigo. Sentía miedo y algo parecido a una angustiosa alegría. Llegué a casa, senté a la muñeca en un rincón del cuarto y fui a cenar, pero no pude comer. Mamá esperaba a mi padre, preguntaba por la obra, la reacción del público. Yo no dejaba de pensar en Helga. Me sentí algo triste cuando vi a mamá feliz. «Me pidió que te diera un beso», le mentí. Ella me besó. «Si cambiaras», me dijo. «Si volvieras a estudiar, si al menos salieras y vieras a tus amigos de antes.» La dejé en la cocina soñando con papá. Yo volví a mi cuarto. Eran las once de la noche. Faltaría poco.

Senté a la muñeca sobre la cama, a mi lado, y permanecí un tiempo entre rostros, montañas, ríos y ciudades extrañas: si hay algo que puede detener el tiempo es el silencio. Y si hay algo silencioso es una fotografía. «En el Parque del Este muy temprano no hay casi nadie, si quieres vas mañana temprano y tal vez me encuentres ahí», había dicho.

Debí dormir hasta las cuatro de la mañana, me despertó el motor de la camioneta del repartidor del diario. Salí de la casa sin hacer ruido. No sentía hambre y no sé por qué, pero me pareció ver contento en los ojos de la muñeca.

Sabemos que, de existir el deseo de despertar a un tiempo de la mañana, no es indispensable servirse del escándalo de un reloj despertador. Basta que el deseo sea sentido con ganas. Es difícil imaginar que lo sea cuando se trata de cumplir con una obligación. Casi todos los trabajos se hacen sin agrado. Casi todo el mundo trabaja para vivir. Sin amor por el trabajo que los obliga a un despertador. Si fuéramos felices dormiríamos tres o cuatro horas, cuando mucho, porque buscaríamos restarle el mayor tiempo posible al día para entregárselo a la felicidad. Nunca he escuchado un disparate mayor: «Hay que trabajar para vivir».

«Colecciono mañanas bonitas», había dicho. Hace poco, mientras escribía, le oí decir: «Cuando contemplo demasiado tiempo el paisaje, los huertos, las colinas, me siento desnuda y no sé por qué con hambre y con un poco de sed». Entonces le pregunté si deseaba algo de beber. Me respondió que no. «Es otra sed», me dijo. Luego añadió que había dormido. Después sonreída acercó la cabeza, se inclinó y me besó los nudillos de mis manos. Yo le acaricié una rodilla, los muslos. Nos miramos.

Bueno. El caso es que salí a la calle con mi muñeca y también me traje el frasco para hacer globos. No me gusta la palabra pompas. Me agrada más ver escrita la palabra globos. No usaré más la primera, es estúpida y además su sonoridad no expresa las transparencias, las luces y la fragilidad de la piel de un globo de jabón.

Dije que estaba en la calle. Era de madrugada y la ciudad estaba vacía y fresca. Me gustan las madrugadas. En las primeras horas, desaparecen los autos, hay poca gente. Los anuncios y el fresco la convierten en buena compañía.

Al llegar al parque, la madrugada era noche íntegra. No había luz. Me vi forzado a saltar la cerca. En esta ciudad los parques son contados. Y el más grande, el Parque del Este, está cercado. Es triste ver un parque cercado. Los árboles, las flores cercadas. Aquí no soportamos la belleza. La aislamos, buscamos exterminarla. Y es explicable: no puede haber belleza en una ciudad donde los autos impiden que la conozcamos a pie. Un amigo a quien tenía la ocasión de ver, porque su casa, antes, no se encontraba muy lejos de la mía, dijo una vez que la felicidad conducía a la locura. Me pregunto ahora si más bien no sucede lo contrario. Quiero decir, cierto tipo de locura. La locura de apostar al sueño, por ejemplo. Recordé a mi amigo porque hablaba de los autos y justamente fue por culpa de los benditos autos que dejé de verlo. Había que caminar entre cientos de ellos para llegar a su nuevo apartamento. Y, cuando lo visitaba, llegaba yo obstinado. ¿Por qué fastidiar la vida de un amigo contándole que estamos irritados? Sueño con el día de ver los autos destrozarse entre ellos mismos. Toda esa chatarra hirviendo bajo el sol, la gente huyendo hacia la sombra de los cuatro escasos árboles que encuentren, echándose a descansar. Tal vez después puedan verse, encontrarse otra vez como seres humanos.

Perdón si soy optimista; y si me da por pensar bondades, es difícil no se bueno en la imaginación cuando se viaja en un tren y frente a la ternura. (Helga, esta historia es para ti. Sueño con contártela frente aun río donde haya peces y naveguen botes y pueda palparse la piedra de un viejo y noble puente.)

Bueno. El caso es que salté la cerca de alambre y me dirigí donde creí que podía encontrar un banco. En efecto, estaba cerca. El banco era de madera; lo toqué, los listones bañados de rocío, fríos. Senté a la muñeca y vi las estrellas. Eran enormes, como lunas, la noche nos fundía a una total oscuridad.

Al iluminarse el cielo de la madrugada, saqué mi frasco y soplé unos globitos. Perseguían los brillos del amanecer y sentí que no era el sol, que eran todos los pájaros que despertaban gorjeando entre las ramas de los árboles, los que arrojaban resplandores al mundo. Y viendo los globitos suspendidos, esos cuerpos tan livianos y delicados, fulgores que explotaban por segundos, antes de apagarse al chocar entre ellos mismos o reventarse silenciosos dejando tímidas huellas de humedad en la arena, esos pequeños globitos transparentes y encendidos por los dorados del sol, irradiando celestes y blancos brillantes, pensé entonces en Dios. ¡Ah! Esos globos eran los primeros astros del universo, de nuestros cielos. Si, Dios era la ternura, era verdad.

Después me paré y caminé un poco, sentí la presencia de Helga detrás de los troncos, entre los ramajes, se me ocurría oculta, pero que en cualquier momento nos encontraríamos.

Caminé un rato y en otro banco me fumé un cigarro. Era hermoso ver los reflejos de la madrugada en el agua del lago. Las nubes se apretujaban con blandura. Se desgajaban y el sol lo aprovechaba, abriéndose paso entre las nubes, para encender el mundo. Cuando regresé al banco sentí una opresión de vacío en el estómago, la muñeca no estaba. Respiré mal, sentí miedo. Miré hacia todas partes, troté, corrí por diferentes caminos hasta detenerme: un zapatico de la muñeca estaba a más de un metro de un banco. Lo recogí. Luego, distinguí a lo lejos, en un camino de arena, una cinta, la cinta que tenía alrededor de la cintura. En la misma dirección me pareció ver lo que podía ser un calcetín. Me sudaban las manos. El calcetín, la cinta, el zapatico, fui encontrando lo que faltaba para completar el vestido. Faltaba un zapato. En eso me tropecé con un cuidador. El hombre se me quedó mirando. Yo respiraba mal. Tenía la lengua seca, la saliva espesa y amarga. El hombre barría unos envoltorios de comida.

–Señor –le dije.

El hombre dejó de barrer. Yo esperé a respirar mejor y seguí.

–¿Usted no la vio pasar?

–¿A quién?

–Una muñeca –le dije.

–¿Una qué?

Comprendí: –No ha visto pasar a nadie, ¿verdad?

–No –dijo–. Aquí en este parque a esta hora no hay nadie.

–Perdone –dije–, olvídelo.

No podía perder más tiempo. Podían llegar los obreros, las máquinas. Por fortuna, no había nadie, ningún camión, ningún obrero en la calle. Respiré profundo. Disminuí la marcha, luego pasé al trote y finalmente a un paso normal. Las piernas endurecidas me pesaban y me temblaban al caminar. Cuando estuve en frente, me pareció que la construcción, con las vigas desnudas y los muros incompletos respiraban tan aceleradamente como yo.

Subí al primer piso. Descansé unos segundos y seguí al segundo. Entonces me dirigí a la habitación y entré: se encontraba vacía. No había nadie y sin embargo sentía que algo vivo palpitaba adentro.

Me dejé caer en el suelo boca arriba sudando chorros y un vértigo me impedía levantar la vista sin sentir que el mundo entero reventaba sacudiéndose de tantas vueltas que daba. Al sentir el corazón más tranquilo, que recuperaba las fuerzas y podía ver sin temor a que el vértigo me echara al suelo, bajé tembloroso a la calle. Para colmo sufrí nuevamente el temor, la angustia que me acompañó en el parque al encontrar el banco sin la muñeca. En un escalón de la entrada principal que conducía a la acera, vi un zapatico. Entonces el cansancio de toda la humanidad se me vino encima y me senté. No entendía nada. ¿No era la misma habitación? ¿Las prendas de la muñeca no correspondían a las de Helga? Las había reunido y las tenía pieza por pieza entre mis manos. No. No había duda. El entusiasmo de la impresión de haber sentido a alguien, a un ser dentro del cuarto vacío y el zapatico me levantaron del suelo con una rabiosa esperanza. Pero esta vez no subí al segundo piso angustiado por el deseo de encontrarla enseguida tomando cualquier dirección. Lo hice fijándome muy bien en las señales que me guiaron a descubrirla sin permitir que la ansiedad de perderla me desviara del recorrido que su voz trazó para conocerla. Una botella de Coca-Cola, las marcas en un muro de concreto y diferentes indicios me ayudaban a repetir los primeros pasos. Antes de subir al segundo piso me permití un descanso. Busqué un tiempo para el corazón; los pulsos me asustaron al colmo de producirme un momentáneo agotamiento y una ligera pérdida de aire. Debía calmarme. Soporté un momento de espera y finalmente vencí los escalones que faltaban y me detuve a un lado de la entrada de la habitación. No me atreví a entrar. Y no soportaba un segundo más afuera. Las paredes heladas, el olor a cemento, no me impedían experimentar la impresión de un olor, de una dolorosa respiración cercana. Me apoyé en el muro, me sequé un sudor frío y entré: temblé, me arrodillé y le abracé las piernas. Era Helga y al verme sonrió: estaba desnuda.

    –Hola –dijo.

    –Amor –dije.

Ladrona de rosa roja

A Emiro Lobo, Hugo Batista y
Manuel Quintana Castillo

Carmelita terminó de escribir. Anotaba atenta a la mayor justeza posible de la palabra todo cuanto le interesaba.

Dejó la pluma a un lado del cuaderno y cerró el ojo al pellizcarle un brillo de sol que irradiaba el oro de la tapa.

A Carmelita le agradaba correr la pluma sobre el papel; amontonar figuritas, esas cadenas rotas, esos trencitos descarrilados y con nortes borrosos, esas pulsaciones bobas, esos barcos bombardeados, acorralados, vencidos cuerpos por su impotencia y la carencia de totalidad por no poder completar ningún sentido, perforados por ellos mismos, estos viajeros enclenques, esas vainas.

Después Carmelita escogió un concierto para piano de Mozart, buscó el diario, y le pasó las páginas sin tomar muy en cuenta lo que leía en los titulares, tal como si más bien quisiera con los dedos tocar, ya no la punta de cada hoja del diario, sino los armoniosos arpegios que brotaban del pequeño aparato de música. Luego se fijó en la página de arte y se interesó: exhibían pinturas del Círculo de Bellas Artes. Se entusiasmó y pensó en llamar a Mima. Su vieja amiga. Pero, al recordar su timbre de voz y su incoherente y compulsiva manera de expresarse, prefirió asistir a la exposición tan sola como estaba pero cambiando el vestido exageradamente adusto por uno de colores.

Antes de salir de su casa observó el saloncito, y después de comprobar que todo se encontraba en orden se despidió de la casa, se persignó, y le pidió a Dios que la cuidara del mal.

La exhibición de los viejos maestros se encontraba en una de las salas del Museo de Bellas Artes. El taxi la dejó en la puerta después de avanzar lenta y torpemente entre los vehículos que llenaban el estacionamiento. Al pagar y salir del auto, dirigió una mirada al parque de Los Caobos: el paso se encontraba bloqueado por niños y adultos que se movían entre los carritos de ventas de dulces, perros calientes y el raspadero. También los vendedores de muñecas, globos, golosinas y pelotas. Por un momento no supo si entrar a la exposición o dejarse llevar por la sombra y la alegría del parque; los inmensos caobos provocaban el deseo de respirar la grata temperatura de los caminos rodeados de césped, el deseo de admirar el follaje y gozar con la risa y los juegos de los niños. Pero se había comprometido con la pintura.

Subió la escalinata, después de pasar la verja de hierro y, al traspasar la puerta principal, notó que el calor había desaparecido: el aire que respiró bajo las galerías la reanimó y le redujo el malestar que viviera al llegar a la plaza de cemento y el encandilamiento del sol en la mañana.

Preguntó en la información por la sala de los maestros y el hombre le indicó que debía atravesar dos salas para llegar a la de su preferencia. Ahí, entre paisajes y naturalezas muertas y desnudos, se encontró a gusto como si al fin hubiese reconocido, entre diferentes estilos de vestir, el preferido.

Pasó de un paisaje de montaña del Ávila, al interior de una casa. Y del interior de la casa se detuvo frente a un hermoso ramo de flores.

Entonces se fijó en el autor: Marcos Castillo. Sí. Claro, ella nunca lo había conocido pero siempre abrigó en su corazón que el azar le brindara un breve encuentro.

El pintor había conseguido algo admirable: fijar un tiempo, una época, sin por eso asomar dentro del trabajo ninguna señal, sin recurrir a ningún objeto que lo reflejara. No: las flores, las rosas, siempre habían sido las rosas. Hace doscientos años o ahora, cuando podía comprarlas en las calles. Sin embargo, el jarrón, las flores, la luz, sugerían, por algo inexplicable, atrapar, no sólo un tiempo, también el escenario y los personajes que debían encontrarse cerca. Sí, casi lograba verlos hablar, sonreír, mirar por alguna ventana cerca, las casas de Caracas cuando ella aún era una muchacha que no necesitaba llamar a Mima para acompañarse. Porque más bien le resultaba penoso rechazar invitaciones a sus parientes y amistades para permanecer sola en casa y recibir la única compañía que le despertaba un alboroto de palpitaciones y sudores extraños: su amigo, su único y querido amigo que fue después su amante, y por último el único compañero de toda su vida. Ah, Dios, qué maravilla, se decía, ¡si pudiera llevarme este cuadro escondida de todo el mundo!

Entonces escuchó que alguien comentó a su lado: «Es hermoso. Fíjese el color de la rosa blanca. Los matices de blanco quemado recuerdan el papel cuando lo exponen demasiado al sol, ¿verdad? Es la luz: es la luz de alguna lámpara lejana, ¿comprende?

Es por eso que es un blanco melancólico y humilde. Un blanco que procura no sobrepasarse demasiado, como si buscáramos, junto a un hombre pobre y mal vestido, desarreglar un poco nuestro traje a ver si de ese modo le recordamos menos su pobreza». «Quizá», se dijo ella, y luego comentó: «Sí, tiene usted razón, me gusta lo que dijo: un blanco humilde. Es cierto. Y es justamente lo que permite que no rompa con la melancolía que envuelve al resto de las flores». «Por eso», escuchó Carmelita (porque era una voz suave pero grave), «el cuadro se llama "Al final de la fiesta"». Se dio media vuelta para verlo y se sorprendió: sí, quizá era el hombre que se encontraba ahora a unos dos metros observando otro trabajo del mismo pintor.

Carmelita se fijó en una copa azul sobre un mantel arrugado que descubría una parte de la mesa. Se encontraba la copa azul, pero también otra de cristal, más cerca, con la mitad llena, seguramente de vino. Una taza ladeada, sobre los pliegues de la carpeta, insinuaba el final de una larga reunión.

Le llamó la atención el brillo, el filo de la boca de la taza; era de un oro logrado posiblemente con un amarillo encendido.

Y por fin casi en el centro, el jarrón ocre donde caían las hojas que sobrepasaban por encima de las rosas y de las gladiolas, y un cuchillo para cortar algún salchichón, frutas, quién sabe. Le provocó cogerlo y cortar el tallo de la rosa. La más grande. La cercana. La rosa que por su tamaño y por no resaltar demasiado, entre las más pequeñas, adquiría más bien un tono de ladrillo viejo.

Ya tendría tiempo para atender bien tantas cosas queridas y de un modo sereno. Porque ésa era exactamente la palabra que buscaba Carmelita para expresar lo que sentía a primera vista con la tela: la serenidad, el tiempo apacible, que se posaba sobre las rosas y las gladiolas y finalmente sobre el mantel de la mesa. «Mire bien la pincelada lila que se encuentra entre los pliegues y los tonos azules del mantel: sin esa pincelada y los azules sería un mantel de lavandería, pero no un mantel de horas rodeado de gratos encuentros entre seres queridos». «Quiero decirle», dijo la voz, pero Carmelita no quería perder detalles. Seguramente el señor que se encontraba a su lado podía saber mucho de pintura pero ella necesitaba disfrutarlo tal como cuando necesitaba contemplar un paisaje sin la intervención de un comentario, de Mima, con su acostumbrado: ¡Ah! Pero qué maravilla de nube la que pasa sobre el filo del Ávila. Sin embargo, la voz se impuso a su lado: « ¿Observa usted el café del fondo del cuadro?».

Ella no respondió. «Sin ese café, no hubiese logrado el clima, la temperatura de la casa, los olores de las paredes, de los licores y los diferentes tonos de voces que se mezclan a los pétalos y que se introducen entre las hojas. Si se fija bien, se encuentran opacadas, no tanto por falta de luz, sino por no querer dañar por un exceso de brillo la atmósfera cálida de la reunión. ¿Comprende usted? Quiero decirle, señora...» Carmelita interrumpió la voz sin querer ver al espectador que le hablaba: «Quisiera estar sola y tranquila para ver mi cuadro, señor». Pero el hombre insistió: «Si la acompaño, señora, es porque en un principio me emocionó el hecho de verla detenerse frente a un trabajo que pocos han atendido».

La verdad es que el señor que le habló tenía razón. Provoca

saltar por encima del cuadro y asomarse detrás de la mesa para ver quiénes están ahí, en esa reunión, seguro que hay un gordo con la chaqueta y el chaleco abierto fumando un tabaco. Se puede sentir el olor del tabaco. Si sigue fumando terminará por arruinar el aire que necesitan esas rosas. Habría que decirle que lo apague. Y también un muchacho que conversa con una muchacha en un rincón del salón. No ven a nadie. Se miran a los ojos y, como sucede en el amor, no se escuchan.

Se ríen de todo lo que los ojos se encargan de adivinar cuando una palabra que tiene sentido se enciende y como una enorme estrella alumbra la pupila y la llena de dicha. Ah, juventud. Diablos, Antonio, con esas maletas, ¿por qué te habré dejado? ¿y por qué tendré que recordarte tanto ahora con esa rosa? Si pudiera llevármela para mi casa.

Distraída por la rosa, su mano derecha, inocente del gesto, tocó la pasta de óleo de la tela. Carmelita se sorprendió: la mano bandolera se encontró rozando las gladiolas, y las hojas, hasta sentir el cosquilleo de las espinas. Presionó el tallo frío de la rosa roja entre los dedos. Pero podía tumbar el florero, seguro que lleno de agua, y después derramarlo sobre la mesa y el bochorno, perdón, no me di cuenta, tía, por favor. Pero, en cambio, esa mano extranjera consiguió desprenderla de las otras y quedó entre sus dedos.

«Cuidado que se pincha», y fue como si hubieras recibido una carta; la única carta esperada por todo el tiempo de amor que te faltó, Carmelita, para tenerla en tus manos, abrirla y no encontrar nada. Sólo un nombre. El de Antonio, «Te amo», y ni siquiera el remitente en el sobre. Y luego abrir la cartera con aquellos nervios. «Cálmese», escuchaste, «Yo la ayudaré.» Pero al darse vuelta otra vez, al buscar entre las caras, los personajes cercanos, otra vez nada. El médico te lo había advertido. Y ni siquiera la amiga Mima, a nadie. «Si sigue en esa soledad», y ni el gato del vecino. ¿Cuándo se ha visto un gato hablando de pintura?

Porque además, ya resignada, admitiendo que la locura estaba golpeando tu espalda, sentiste, más que su voz, el aliento a vino y cigarro negro de Antonio. Y no era sino gente anónima. Exageradamente a tu lado. Imposiblemente íntima. Ni una palabra de alivio en aquel montón de angustia que te crecía, y se juntaba en la rosa que ya habías metido de un modo torpe, tal vez rompiendo el tallo y el bendito broche del bolso de cuero. «Loca o no, me voy de aquí.» Y más por el miedo, con el peso de la ansiedad, te apuraste sin control, algo obnubilada por el desasosiego y la angustia, llegaste a escapar de aquella gente, apoyarte después en la columna del jardín de la entrada del museo, sofocada. «No se angustie» y otra vez nadie en el pasillo. Nadie en ninguna parte. El corazón acelerado y el frío y el temblor. «Dios mío», hasta pasar por un tiempo que no se agotaba para dejarte por fin en paz. Con aquel montón de sol en la cara. En la escalinata del museo. Frente a la plazoleta. Sola, sin ni siquiera el gato. Ni Mima. Ningún amigo que te sostuviera por un brazo.

Lo otro fue tambalearte. «En todo caso –te dijiste–, en todo caso un poco de hielo en la boca.» Porque la sentías quemada no tanto por el sol, el calor, el cielo que se tumbaba sobre la latonería de los carros hundiéndose en el pavimento de la plazoleta, sino por aquella presencia de olor a tabaco negro, su aliento a vino ordinario, el robo de la rosa.

«Se lo ruego», le respondiste al negro. Era alto. Sonreía con los dientes más blancos que la bata. En el carrito techado, se hallaban las botellas de fresco y la granadina. La pequeña prensa formada por dos platos conseguía, al darle vuelta a la manivela, que las hojas afiladas de la base, que sostenía el trozo de hielo, lo rasparan para producir el granizado de hielo.

Llenó un cucurucho de cartón con hielo molido, parecido a un poco de nieve, y después de llenarlo de granadina, lo bañó con un chorro de leche condensada y se lo sirvió con un pitillo. «Le hará bien», le dijo el negro. «Usted se ve algo mal. Si quiere ayuda, dígamelo. Está muy pálida.» «Muchas gracias, señor, no sabe cuánto se lo agradezco».

Atendió a dos niños. A un señor. Fuiste recuperando el aire. Ya no era tan caliente. Viste hacia el fondo del parque con sus enormes troncos, las altas ramas, el aire debía ser fresco. El sol no lograría jamás quemar el que se colaba entre las hojas.

Pero tú no tenías tanta fuerza para meterte en el parque. Sentarte en algún banco. Dejar que algunos minutos te consintieran con un poco de silencio. Un poco de hojas y brisas y aire nuevo. «¿Se siente mejor, verdad? ¿No será que la abuelita como que anda enamorada?» Te reíste. La risa nerviosa y a punto de tumbarte, porque era demasiado entre el robo de la rosa, el aliento a vino y a cigarro negro.

Y hasta el olor de su traje, que siempre era gris. Siempre

oliendo a un cuarto encerrado. Vino barato. Con olor a metro. Era Antonio, le dijiste al negro. « ¿Su novio?» Los muchachos con sus granadinas y yo quiero un refresco y yo unas papitas. Le diste las gracias. «Dios la guarde, doñita.»

Tendrías que tomar un taxi. Tendrías que esperar un poco. Aprovechar que eras una Carmelita sin la persecución de la ansiedad, de la voz. «Cálmese, yo la ayudo.» De aquel olor a vino y hotel barato. «No se angustie», y en el sobre apenas una firma y ni siquiera remitente, «te amo, Antonio».

Además, Mima, ¿qué importancia podía tener que fuera la locura?

¿Qué importancia, dime, puede tener que no era verdad, que era soledad, que estaba soñando o no? ¿Que el sueño me convertía en una ladrona de rosa? ¿Que el sueño me estaba soñando con la voz sin corbata? ¿Con aquella voz sin ropa ni la fuerza de su abrazo? ¿Que la voz no tenía a nadie?

No supiste cómo llegaste a la casa, pero sí recuerdas un vértigo de automóvil, alguien que te pedía dinero, la sombra de la avenida Los Samanes, donde la luz atenuada por el verdor del follaje se convertía en un túnel de esperanza, un cansancio grato, una paz parecida a los silencios de los atardeceres sobre las lomas del Ávila en tu pequeño departamento mientras hablabas sola con el gato.

Al llegar te dirigiste a la cocina y te serviste un vaso con agua. Luego pensaste que debías tomarte una copita de coñac, pero se había acabado. Mima siempre tomándose lo que no es de ella. Era necesario dormir mucho, dos días, estabas cansada, y al abrir la cartera, exactamente al abrir la cartera. Y tú dudando. Todavía lo puedo tocar, fresco, flotando. Me pregunto, Antonio, que no estás conmigo, ni tú, Mima, díganme, ¿cuál es el peso de la punta de un dedo con el anillo del único amor, sobre un pétalo flotando en el agua de un platillo de porcelana inglesa?

Francisco Massiani

Náufragos

A Penagos, Alberto Eladio
Olivares, María Elena Guisti y
Alejandrina, allá en Mérida

Para que tu piel no queme mis pupilas, no castigue mi memoria y pueda librarme de mí y respirar el aroma del mundo, gozar de las flores de las colinas, escuchar encantado otra vez el canto de los pájaros y el color de las nubes y el mar; para que el contorno de tu cuerpo no me condene a la soledad de ansiar sólo tu cuerpo; para que tus proporciones, tu cabeza, tus piernas, no me permitan sentir placer al buscar con mis piernas otro pedazo de mi casa, disfrutar de avanzar sobre la grama y sentir la corteza del árbol. Para que tus gestos no borren el paisaje:

–¿Quieres tomarte un té? –y miras a mis ojos levantando las cejas y apoyando el peso del tronco, de tus caderas y el torso y los pechos sobre la pierna izquierda mientras levantas el brazo y te despeinas un mechón que se había fijado por un tiempo alrededor de tu oreja.

–Me encanta la lluvia.

Y sonríes y luego te tocas la nariz y sacudes la cabeza buscando un cigarro en el bolso de tu cartera.

–Qué cretino eres –sonríes, meneas tu cabeza, luego mantienes la sonrisa hasta bajar la mirada y fijarla en mi vientre.

–Estás delgadísimo –y ríes sacudiendo la mano como si

procuraras que el aire te saludara, o te despidieras de alguna mariposa.

Para que yo sea árbol, piedra brillando en el sol, luna manchada por una nube, el sol en el vidrio proyectando la luz rosada del amanecer sobre mi cama. Para ser mi mano, pero mi mano feliz de sentir el calor de la taza de café, para que mi piel disfrute de la cobija con el frío y sea mi piel. Para que pueda ser otra vez pájaro, juventud o pasado sin necesidad de querer librarme de ser pájaro, de tener pasado y de haberme desprendido un poco de la juventud. Para ser yo, yo de una vez por todas, yo piedra, yo sol, yo río y mar y risa y vida. Y no siempre yo tu boca. Yo tus pechos. Yo tus muslos. Yo tú.

–¿Volverá? –me pregunto.

Importa un bledo que les cuente dónde vivo. Basta con que sepan que es una casa. Una casa que tal vez hace tiempo fue la que dirigía una buena granja. La acondicioné. La transformé en un lugar agradable. Por ella. Para que fuera feliz conmigo. Y ahora está llena de muebles, libros y pinturas. Pero ella no está y lo que se siente es un gran silencio.

Es de noche ahora. Temo el insomnio y temo al sueño. Porque inevitablemente ella aparece estrellada en un espejo loco, completamente despedazado. Entonces me angustio y me sobresalto y me despierto y la busco desesperado a mi lado y sólo noto la sábana desierta y como una sombra caliente tocando mi carne; su carne tan perfectamente hecha para enloquecerme de ganas.

Tengo la esperanza de escribir el recuerdo de la historia del naufragio y con cada palabra destruir el sufrimiento de no poder sentir su aliento. Su maldita belleza. Con cada palabra destruir sus pechos, su vientre, sus ojos alocados por el amor. De sus pechos y su espalda y las manos de su sudor sobre mi cuerpo. En todo caso, sólo a mí puedo engañarme con esta historia que se inicia en una isla, esta historia de una pasión que nació de un naufragio.

Sospecho que se han escrito tantos relatos de náufragos, como deben ser pocos los auténticos y muchos los falsos. De seguro, estos últimos, más perecederos por la habilidad del narrador, que jamás nadó o conoció un bote de remo, facilitándole de este modo desbordarse en fantasías espectaculares y conmovedoras. Lo peor es que nos seducen a pesar de inspirarnos la incómoda desconfianza de encontrarnos frente a un montón de mentiras, resultado, sin duda alguna, de una imaginación exuberante y enfermiza, o de un mitómano y solitario, aburrido de una existencia áspera y monótona, o tal vez de un ser que escribe para desahogarse de pesadillas tormentosas, de largos insomnios, de una esposa frígida, aburrida o ninfómana. O tal vez, quien sabe, para olvidar un fracasado y para siempre imposible amor.

Dependerá, desde luego, del talento del narrador, ya que no es nada fácil atrapar a un lector desde la primera página hasta la última.

Pero de lograr una trama sólida y bien armada, que sea capaz de sostener la sucesión de episodios sin que en ningún momento se debilite la acción o se pierda la intriga, conservando el suspenso del principio y, por añadidura, un lenguaje fluido donde las palabras gocen entre ellas y se persigan hasta encontrar la oración feliz que ha de morder la última, conseguirá deslumbrar el espíritu más helado, aburrido o racional de la tierra, al colmo que será inevitable trastornarlo de tal entusiasmo, que no tardará en desprenderse del traje que lleva puesto para ser arrastrado en cueros a través del centenar de páginas, olvidado de sí y del propio jodedor que lo enredó en el cuento.

Sospecho, sin embargo, que a quien le ha tocado padecer un momento tan difícil no buscará una máquina de escribir para contarlo. Tal vez trate de olvidarlo, sobre todo de noche, y evitará el recuerdo firmemente encajado en la memoria de alguna escena de la desgracia. Y, en caso de verse obligado a comentarlo, posiblemente le baste confesar que fue una experiencia cruel, horrible, espantosa y luego buscará una copa y brindará con la admiradora más cercana por la vida, que supera el delirio de mil páginas extraordinarias.

En mi caso, no me preocupa la perfección ni dar con un relato convincente o hermoso. Me propongo el disparatado empeño de contármelo a mí mismo. Quizás pensé en escribirlo anoche, no podía dormir y creí que con cada palabra podría olvidar a Marie, la isla, los encantos que siguieron al naufragio. Lo digo porque es de noche cuando más duele la falta de la carne amada y son más nítidos y consistentes los fantasmas de la memoria. Y lo que sucedió entonces, la historia que debo escribir, me turba como nunca y me impide el sueño indispensable para descansar y llegar al día con un poco de ánimo, digamos que lo necesario para creer que todavía vale la pena tomarse un café y fumarse un cigarro. Y trabajar. Un trabajo que, en la medida en que paso más tiempo solo, me causa más pena y más me duele realizarlo. Un trabajo que ya casi carece por completo de sentido. Es por el naufragio. Lo sé. Por Marie. ¿Pero cuál Marie?

Ayer, por ejemplo, me provocó salir. Me sentía demasiado solo. Pero no lo hice. A veces voy a la ciudad, es cierto, pero me aburro. Visito algunos familiares, visito viejas amistades y los encuentro, salvo a dos o tres personas muy queridas, con las historias más bobas y en la medida en que pasa el tiempo sus anécdotas, los chismes, se añejan, y, si bien es cierto que son alterados por nuevos protagonistas, asoman a la vez la insoportable y demoledora presencia del tiempo. Las voces que adulteran la realidad procurando inventarla de otro modo, con otras caras, se cansan y hasta los nuevos protagonistas de los cuentos terminan por sentirse tan hastiados por las nuevas intrigas de los cordiales conversadores como el anfitrión que dio la fiesta y el invitado que terminó por aceptarla, convencido de un final con palmaditas, un chiste interrumpido por un bostezo y la mujer del marido imprudente que le ruega al oído que la vuele a su casa porque no puede más con su alma.

Les diré para comenzar que durante la travesía coincidieron en escasas oportunidades. El oficial que la enamoraba procuraba esconderse del resto de la tripulación y de los pasajeros, y el matrimonio, por el contrario, buscaba la sala de fiesta, los juegos, y sobre todo los bares para escaparse de una intimidad viciada por la costumbre a través de los otros.

A veces en los pasillos, en la piscina, en alguna escalera o al cerrar la última reunión que permanecía con música y tragos, se tropezaban sin saludarse, quizás cabeceando o apenas con unas buenas noches cuando el barman les rogaba que por favor dejaran la alegría para el otro día.

Pero me alejo de mi isla, de la tempestad que precedió antes de zozobrar la nave, de los gritos que brotaban entre los infernales estampidos y destellos que nacían del mar. De la locura de cientos de gritos, de niños y marinos despavoridos entre mujeres y oficiales y borrachos que se maldecían en una confusión de órdenes y llanto y botes que no alcanzaban para salvar a esa gente del desastre. Me alejo, por ejemplo, de la mano de un anciano que perdió el equilibrio y cayó antes de unirse al grupo que le correspondía porque le habían pisoteado la mano y había perdido los lentes; del pavor de un niño al ver al padre saltando al agua confundiéndolo con otro; de las llamas y del humo y de un oleaje que sacudía un bote transformándolo en un cascarón hundido para luego reaparecer con los cuerpos envueltos entre las olas; extrañas esculturas de seres derretidos por la noche, espectros emergiendo del fondo de una embarcación por siglos devorada por el mar. Pero sobre todo del niño que había perdido al padre, pataleando y ahogado en lágrimas entre los brazos de un marino que lo forzó a subir a un bote de salvamento, y, por último, la respiración forzada, las manos de ella sobre la arena y después el desmayo y al despertarse, creyendo el hombre que era su esposa la que tenía a su lado, darse cuenta de que era la hermosa muchacha que vivía con el oficial un romance interrumpido por aquel trágico desenlace.

Parece que el primer día los azotó un vendaval que los cegó, mientras rezaban sujetos al tronco de una palmera. Después se alimentarían de la esperanza y tal vez de las frutas. Y hasta quizás buscaron el amor apurados por el miedo o la sospecha de no poder sobrevivir y poder llegar a vivirlo nuevamente. Quién sabe.

La verdad es que es difícil imaginar el comportamiento de un hombre y una mujer conociéndose en una situación semejante; solos, hambrientos, habiendo el hombre perdido a su esposa y la mujer de su amante, y quién sabe cuántas ambiciones, cuántos sueños engendrados por cientos de sufrimientos y entusiasmos. No todos actuamos igual cuando la soledad nos atrapa. Cuando la soledad y la desesperación se juntan para dejarnos cara a cara con alguien completamente ajeno, pero igualmente desesperado. Igualmente solo. En una isla. Sin tener nada que hacer. Ni tener otras palabras que decirse, fuera de las que la fe puede buscar para ayudar al otro. Para sostenernos.

Hay quienes están preparados porque nunca dejaron de serlo: solitarios, peñascos que apenas advierten las alteraciones del tiempo, de la naturaleza que los rodea. Otros, en cambio, se entregan de un modo continuo y febril a la vida y a las personas que encuentran y aman y les duele que se les escapen tal como si perdieran un pequeño jardín dentro de un inmenso bosque repleto de otros jardines, y de árboles y de cielos y de planetas. Perdemos un afecto por donde respirábamos los milagros y las miserias de la vida y ya no somos los mismos. Hasta que la existencia nos brinde la oportunidad de encontrar otras plantas que sembrar en otro pequeño jardín de ese inmenso bosque que crece lentamente y cada día en cada pecho vivo.

Advierto que he dejado esperando a la pareja en la isla. No

sé cuánto tiempo transcurrió antes de ser descubiertos por una embarcación holandesa que se dirigía a Curazao. Los rescataron en un bote de remo, con un pequeño motor fuera de borda.

Y subieron a bordo silenciosos y fatigados, pero con la felicidad que va acompañada de una larga espera provocada por la resignación de haber sido derrotados por el destino. Luego fueron conducidos hasta la cabina del capitán. Inmediatamente los protegieron con mantas y les dieron de beber agua y brandy. El capitán, un hombre rubio, de bigotes colorados, se condujo como un padre cuando al fin recibe después de muchos años a unos hijos muy queridos: ropa, camarotes pulcros, perfectamente acondicionados, y después que la pareja se calentó con agua caliente les dio toda su bondad y les prometió toda su ayuda en una cena con excelente comida caliente y el mejor vino de la bodega. Antes de que se retiraran a descansar, y de ser revisados por el médico de a bordo, les aseguró llevarlos al primer puerto equipados con todo lo que necesitasen.

No tardaron en resultar los mimados del viaje. Porque la historia se transmitió de boca en boca y saltó de un corazón a otro para crecer y terminar por enriquecerse con diferentes y maravillosas mentiras. Todos los marinos los saludaban con afecto y admiración y en las noches les cantaban, acompañados de un acordeón y dos guitarras, viejos versos del mar, como lo hubiesen hecho con los primeros amantes del mundo. Y el caso fue que, o por el encanto que los envolvía por haberse salvado de un naufragio, o por la soledad y el temor de llegar a caer todos ellos alguna vez en alguna tragedia semejante, los aturdieron con sus viejas leyendas de viejos marinos y los fueron cercando y mareando de ternura hasta que una noche, mientras disfrutaban de una brisa fresca, con el adormecedor rumor de las máquinas, con una luna impecable y un reguero de estrellas temblorosas en un cielo tan enorme como despejado, terminaron igualmente temblorosos por abrazarse.

Después vino el amor. Se acostaron una vez que le confesaron al capitán que no soportaban dormir en diferentes camarotes y se olvidaron de dónde procedían, quiénes eran, adónde deseaban llegar, inundados por la dicha que sólo es capaz de surgir al entregarse dos seres desesperados por perpetuarla. No tardaron en apaciguarse y acudir a las palabras después de que los silencios y los besos y los vinos les despertaban sonreídos como si uno y otro se hubiesen soñado y se hubiesen inventado para despertarse sonreídos y despojados de la estéril y vulgar vida que habían conocido antes: ella confesó trabajar en un cabaret y su punto de llegada debía ser Martinica. Había nacido en Tolouse y sus padres eran viejos, buenos y tranquilos. Había sobrevivido en París, encerrada en Mormartre, desnudándose todos los días en diferentes clubes nocturnos. Sin embargo, a pesar de su oficio, aclaró que sólo conocía un amor, que nunca había sido infiel a ningún amante; un tal Boris, o Borax, que procedía de un país muy lejano. Ella sólo conocía del hombre que trabajaba en un buen negocio porque sus trajes finos y un pésimo francés coincidían para comprender que era extranjero, algo estrafalario, y muy rico. Lo estrafalario de Boris no era tanto por haber sido bautizado con otro nombre, comentó ella entre risas, mientras mordían manzanas y peras, desnudos, en la litera, sino por haberse enamorado de una mujer que se ganaba el pan desnudándose para otros hombres.

Sí, la pesadilla de la isla la quemaba la distancia. Con las horas pasó a ser sólo una mancha cada vez más débil rompiendo la línea del horizonte. Y surgía la realidad. Los esperaba de pie y la ilusión de ser un hombre y una mujer dispuestos a ser ahora más felices que nunca.

Boris se fue quedando atrás, tal vez en la isla, en la propia isla cuando el héroe que la había salvado, una noche helada, sobre la arena, se quitó la chaqueta (que ya era un trapo pero todavía con mangas) y le cubrió la espalda porque la vio quejarse del frío. Además, ¿cómo diablos podía competir el pobre Boris con un hombre que milagrosamente se encontraba después tomando brandy en la cabina de un capitán feliz porque por primera vez, y tal vez última, conocía la historia verídica de unos náufragos? Bajaron en Trinidad y con el dinero que les regalaron («por favor, señor capitán, no lo haga», decía Gustavo pudoroso pero a la vez ansioso de sentir el dinero en el bolsillo) compraron ropa, bebieron para festejar el nacimiento de una nueva vida y se prometieron amor eterno; siempre serían los únicos náufragos enamorados y buscarían dentro de la ciudad una pequeña isla para dos, porque el hermoso y extraordinario amor que había nacido de aquella aventura los salvaría para siempre y los acompañaría como los había salvado el carguero, de Boris, y de una tal Ivone o Marie, un poco borrosa la mujer, porque Gustavo le confesó que en el fondo jamás se había llevado bien con ella.

De Trinidad llegaron a La Guaira y de La Guaira se dirigieron a Caracas. En Caracas se instalaron en el Hotel Royal, cerca de

Sabana Grande. Y durante una semana no dejaron de reírse y verse en los escaparates cada vez que recordaban la aventura y cada vez que soñaban con la que les esperaba.

Pero llegó un día que el dinero se les acabó. Fue entonces cuando Gustavo perdió un poco el ánimo y la mujer el deseo de seguir celebrando la buena suerte de haber salido con vida de la isla. Fue sincera: «He sido una mujer que se desnuda para los hombres, y estoy dispuesta a volver a serlo si tú no encuentras trabajo, total, eso no importa porque nos acompaña el amor». «Qué dices», dijo Gustavo. Era en la mañana, debían tomar café, comprar cigarros, después hablarían de negocios. Lo hicieron. Por fortuna el Gran Café abría las puertas y un mozo que los conocía les sirvió café caliente y dos paquetes de cigarros. «Serán los últimos cigarros», dijo él. «Habrá que poner los pies sobre la tierra.» El mozo les pidió que se sentaran, que no había ningún cliente y también (lo añadió con cierto orgullo mezclado a un ligero pudor) «puedo servirles un buen desayuno mientras deciden qué piensan hacer después». Gustavo y la mujer se miraron. Luego Gustavo apartó una silla y le dio las gracias al mozo con la humildad y la impotencia de no saber cómo retribuir tanto amparo. Entonces, un poco cansado, no tanto por falta de un buen sueño, ni por el buen amor de la noche anterior, más bien por recibir tan temprano una realidad que se les venía de golpe, aun quizás más violenta que la del naufragio, permanecieron silenciosos observando el movimiento del mundo: la gente somnolienta que a prisa buscaba cómo llegar más pronto al trabajo, los clientes que ya los conocían como compañeros de café, desayunando desde el mostrador mirando hacia la calle, casi todos de perfil y esperando que el café humeante se les enfriara un poco, los fumadores tosiendo un poco y los que se conocían comentando informaciones recién aparecidas en los diarios. Se encontraron sonreídos y tomados de la mano como si por primera vez se hubieran conocido.

–¿Sabes? –dijo Gustavo. Ahora temprano en la mañana me doy cuenta de que eres la mujer más hermosa del mundo.

Ella apretó entre sus manos la de Gustavo que reposaba sobre sus muslos. La notó húmeda y sin calor y observó en la piel del amante algo similar a la palidez del miedo cuando tememos perder lo que ganamos y se nos ocurre propio, sin olvidar que lo arriesgamos todo por lograrlo, sabiendo que podíamos perderlo todo. Y ella también perdió la temperatura en la piel que en la mañana ofrecía el calor y la tibieza de las primeras nubes de sol, y del buen calor de las sábanas al imaginarlo naufragar en otra isla, con otra muchacha recibiendo de él la bondad de un poco de trapo sobre su espalda.

Después de agradecerle al mozo (un tal Gino) más de cinco veces su gentileza, se separaron con un fuerte apretón de mano y salieron del café a la calle.

Unidos de manos, ella con la cabeza apoyada sobre su hombro y protegida (no dejaba de recordar la chaqueta sobre su espalda en ese momento) por el dulce peso de la mano de Gustavo sobre el suyo. Se detuvieron y miraron hacia ambos lados. Un señor de sombrero, algo viejo y que parecía mucho más joven por la energía y la salud que demostraban los pasos firmes y la seguridad de sus movimientos, los observó un instante pero luego siguió su marcha con su diario bajo el brazo, su sombrero, sus pasos firmes. «Firmeza», se dijo Gustavo. «Hemos tenido fortuna. ¿Por qué vamos a perderla ahora después de haber sobrevivido al naufragio?»

–¿Sabes? –dijo él.

Caminaban con lentitud, chocándose las caderas.

–Dime.

–Gino ha sido nuestro capitán. Se me ocurre que de ahora en adelante el carguero que nos salvará tendré que capitanearlo yo. No es necesario que vuelvas a desnudarte frente al público. Vivo aquí, nací aquí.

–¿Dónde? –preguntó ella.

–Aquí –dijo él.

–¿Y cómo te llamas?

–Me llamaba Gustavo, pero Gustavo se quedó en la isla, mujer. Ahora me llamo Mario y vivo aquí. Nací aquí. Ahora sé que soy Mario y siempre he vivido aquí. Lo del naufragio fue una aventura hermosa. Te la voy a recordar: tomé el carguero en Barcelona hacia La Guaira. Esa noche ocurrió algo en las máquinas y nos obligaron subir a un bote salvavidas. Y tú eres Marie. ¿Recuerdas? La otra se quedó en la isla. Y ahora vamos a buscar a un amigo que vive lejos de aquí, en otra ciudad. Quiero que sea testigo de nuestra boda.

Caminaron hasta detenerse frente al kiosco de la avenida Los Jabillos, frente a la Savoy. Luego se separaron con las manos unidas y decidieron irse al campo, irse a la nueva isla. Allí sembrarían mariposas y pájaros azules. Las flores serían gigantescas como las nubes. Los árboles podrían cantar en la noche. El cielo sería un amanecer siempre: simplemente estaban enamorados.

Tomaron desde el Nuevo Circo un autobús. Mario no podía dejar de recordar a una pobre mujer sentada con una bolsa, una maleta y un niño. Le pareció que siempre permanecería con la bolsa, la maleta y el niño sin camino que ganar, sin pueblo donde cobijarse. Que ya formaba parte del paradero de autobús. Que nadie la miraba. Que alguien la había olvidado tal como se había olvidado ella, a través del tiempo, por donde exactamente pudo haber sido el comienzo del olvido del pueblo donde pensó llegar o la hermana que debió buscarla para levantarla del banco y llevársela para su casa.

El viaje de dos seres que se aman es muy corto. Apenas si se advierte el país o el paisaje, por donde se pierde para siempre otro país, otro paisaje, por donde crece el amor y se pierde también el tiempo para seguir amándose. Por eso digo que no sé cuánto tardó el viaje. Ella, entusiasmada y un poco nerviosa, hablaba de los perfumes franceses. Él hablaba de los cigarros negros y del deseo de beber una buena cerveza. No tardó mucho en sentir la voz de otro sediento: «Yo se la invito», dijo. «Cuando hagamos parada se las invito.» ¿Se acababan de casar, verdad? Claro, era cierto. «Entonces, además de las cervezas, les invito a la casa.»

Era pequeña, con gallinas en el patio de atrás, una mata de limón y una vieja desdentada, gorda y nerviosa que al reír sacudía el vientre. Tomaron cerveza y luego ron. Ella confesó que se sentía cansada. Gustavo, mejor dicho Mario, se disculpó, agradeció las bebidas, y se despidieron algo mareados. Al volver a Caracas se dirigieron directamente al mismo hotel. El señor de la información expresó un sincero entusiasmo al verlos y les dio una cálida bienvenida. «Están nuevamente en casa», dijo.

«Les ordenaré la mejor habitación. Tiene una vista sobre la calle, es bastante amplia y más lujosa que la anterior. Si necesitan algo de beber o de comer, basta con ordenarlo. De todas formas, si gustan, les ofreceré una buena botella de champaña, por mi cuenta, y les ruego que acepten mi pequeño regalo de bodas».

–¿Cómo supo que estábamos casados, quiero decir, recién casados? –dijo Mario.

–Se les nota: pocas parejas he conocido en mi vida que se miren con tanta felicidad. Y, por favor, señor Gustavo...

–Mario –dijo Gustavo.

–Perdón, señor Mario. Usted sabe. Mi trabajo: es tanta la gente. Claro: yo jamás podría olvidarlos, pero los nombres. Los benditos nombres. Y otra cosa: igual que antes, no necesitan darme sus pasaportes, no llenen ninguna ficha. Se les nota fatigados. Ya pertenecen a la familia. Espero que disfruten mi pequeño regalo de bodas.

Ambos agradecieron el gesto y al llegar a la habitación, en el segundo piso del hotel, se sorprendieron al ver sobre el tocador, y entre los hielos, la botella de champaña, las dos copas y unos pastelitos. Se abrazaron, destaparon la champaña, comieron, bebieron y luego cayeron sobre la cama como dos niños después de haber participado en las últimas horas de una fiesta de adultos. Ella soñó que se encontraba sola en una isla y que un capitán joven con un uniforme azul, de botones dorados, se aproximaba solo en un bote para salvarla. Y él soñó con una mujer empapada de agua tibia.

Al día siguiente desayunaron en el hotel. El dueño quería conocerlos y compartió la historia de los náufragos. Expresó la alegría del capitán holandés cuando los llevó a su camarote para servirles el brandy. Luego los despidió en la puerta diciéndoles qué lugares y qué espectáculos podían gozar para los únicos amantes sobrevivientes al naufragio. Luego caminaron sin palabras con las manos unidas hasta la Gran Avenida. Se detuvieron. Ella en algún momento acarició la mejilla y le buscó los ojos:

–Dime –dijo–. ¿Es cierto que te llamas Mario?

–Sí –dijo él.

–¿Seguro?

–Si, de verdad. Seguro. Y tú, ¿cómo te llamas?

Ella bajó la cabeza:

–Cuando se trabaja en mi oficio se olvida el nombre y el apellido. Una noche puedes ser Cristine. Otra noche Francoise. Otra Claude. Hasta que de golpe ya no sabes ni el nombre ni tampoco recuerdas con exactitud el hombre con quien te acuestas. Pero mi verdadero nombre será el que tú quieras darme ahora.

–Marie.

–Bueno, mi pequeño Mario. Ya sé que vives aquí, que ésta es tu ciudad y que aquí trabajas. Yo buscaré qué hacer –sonrió con los ojos levemente húmedos–. Estoy segura de que encontraré un trabajo pronto. No te preocupes. Y nos veremos otra vez en alguna isla.

–No, Marie. Espera. Puedes permanecer en el hotel.

-Quizá. Pero debo trabajar.

-Tengo un amigo. Él tiene una casa cerca de la ciudad. Un pequeño hato, ¿comprendes? *Dans la campagne.* Tiene un poco de tierra con animales. Se vive bien, es un poco solo, pero podrías vivir sin necesidad de dar tanto salto.

-Mario -dijo ella-, déjame probar. Ya nos veremos.

La vio alejarse después de sentir un beso. Cada vez más lejos y cada vez más caliente el beso. Le pareció, al verla entre la gente, como si Dios la hubiese inventado para vivir sólo ese momento. Entonces experimentó angustia por sentirla otra vez suya, tenerla otra vez con piel y voz y no como un recuerdo extraño, cargado de gritos, de olas y de una isla solitaria. Pero luego la perdió de vista. Se encontró con un cigarro en la boca sin haber recordado el momento de encenderlo.

¿Por qué necesitamos sufrir con el amor más reciente para medir la intensidad de cómo amamos en el anterior? ¿De qué nos sirve?

¿Cuántos días, meses, pasaron antes de volver a verla nuevamente? Sentí el tiempo: el tiempo no era más que la distancia que me separaba de ti, el agotamiento de la espera, de los nervios por tenerte. La ansiedad por abrazarte. Eso era el tiempo. El pasado era el camino que imaginaba para poder volver a mí: la autopista, la carretera de tierra. El futuro no era más que imaginarte de una vez en la puerta, conmigo. Si yo no me movía, si yo no te esperaba, si no te recordaba, entonces desaparecía el tiempo. Por completo. Era fácil y había sido fácil para mí decir: sólo existe el presente. Ahora lo comprendía: finalmente lo sentía.

Creo que a Morales le gustan los prostíbulos porque le permiten sentirse con cincuenta kilos y treinta años menos. También, y es lo que temo, jamás ha sido amado por una mujer hermosa, nunca una mirada fresca le ha lavado las amarguras acumuladas durante los años de trabajo donde se esforzó de manera exagerada para reunir la pequeña fortuna que le facilita, entre otros placeres, el de conseguir mujeres diferentes cuando lo desea. Pero está consciente de lograrlo justamente por ese dinero que le ha costado, entre almuerzos de negocios y la rutina del escritorio, una abundancia de carne que a él mismo le indigna, le ha enfermado y hasta llego a pensar que le repugna. Lo digo porque en un fin de semana en la playa, hace unos años, lo encontré bebiendo bajo la débil sombra de una palmera, quejándose del calor y del mundo entero después de escuchar un chiste de una amiga que le preguntó si tenía miedo a que lo vieran en traje de baño. Prefirió sudar toda la mañana y toda la tarde con el pantalón y la camisa hasta que en la noche se marchó solo en su automóvil a la ciudad. Cuando bebe y se olvida de su estómago, resulta cínico y brutal y da la impresión de regocijarse de su figura grotesca y para las mujeres algo repulsiva, a pesar de ocultar un espíritu bondadoso y más bien ingenuo. Esconde su verdadera condición humana con un humor que del cinismo pasa a la crueldad, y mientras más borracho está más desaforada es su conducta, llegando a la ironía cruel, al lenguaje soez, la frase más hiriente, y aún así no logra disimular que en el fondo detesta esos clubes nocturnos, esas compañías fáciles y de babosa alegría. Es lamentable verlo regresar después de haberse acostado con la que más le confunda. Entonces, su cara redonda, de grandes cachetes y gruesos lentes, se transforma en una máscara de melancolía, o bien de absoluto asco. Es cuando los recuerdos de su infancia lo obligan a beber más y a pedirle al amigo que lo acompañe hasta la madrugada. Y termina siempre por preguntarse por qué diablos jamás logró en su perra vida encontrar una mujer que estimara su ternura y le diera plenitud. «El maldito dinero», dice. «El maldito dinero para qué me sirve.»

Lo encontré más gordo y con la cara más abotagada que nunca: se había trasnochado. Hablamos del viaje. Comentamos que la ciudad era realmente un infierno de automóviles y ruido y decidimos un almuerzo en Le Coc d'or. Luego entramos en el bar del Rugantino. Estaba algo desierto: una mujer sola se miraba las uñas y un hombre delgado y con sombrero procuraba leer el *Times* con una ginebra que repitió en menos de quince minutos. La luz débil y ambarina del lugar nos apagó el espíritu y la digestión terminó por silenciarnos del todo.

–Te voy a presentar a una amiga estupenda –dijo Morales.

–¿Seguro?

–Sí. Necesitas una mujer, mi viejo. Después de esos viajes no hay nada mejor que una buena hembra.

–Seguro.

Fuimos al Doral. Realmente eran hermosas. Sobre todo una muchacha que por su mirada, la mirada de una muchacha que se extravía en una fiesta donde no conoce a nadie, resaltaba entre las otras, con apariencia de haberse arrepentido de aceptar la invitación. Sin embargo, lo hizo. Hablaba con una voz algo ronca y a la vez muy baja, tal como si temiese despertar a la mamá por ser descubierta con un novio dentro de la casa o por temor a despertarse ella misma dentro de su nueva vida. Confieso que a la vez su acento era algo extraño. Y su rostro me resultaba familiar. Pero ¿no les sucedió alguna vez que al observar la belleza de una mujer siempre nos parece familiar? Será que cuando soñamos por largo tiempo un sueño al colmo de devorarlo y dejarlo dormido y despertarlo por momentos, en cualquier esquina o en un golpe de cigarro, se desea ver a una mujer que ya pensamos perdida para toda la vida, y la mujer aparece. Es tan sencillo, nos quedamos tan tranquilos, como si nada, tal como si nada hubiera pasado. Y es que esas ganas de tocarla están tan viejas y son tan de nosotros, pero sobre todo tan viejas, que al ver a esa mujer que sentíamos perdida sólo nos queda decir hola, como si recién dos horas antes la hubiéramos perdido. Y se entiende. Porque el deseo de verla ha perdurado y ha permanecido con nosotros todo el tiempo. Sólo reanudamos un diálogo interior, una conversación imaginaria que surge en la soledad, en algún puerto o en la sala de espera de un dentista y nos contamos, qué tal vieja, si supieras cuánto tiempo tengo contigo, pensando en ti. Imagínate, aquí esperando al dentista, aquí caminando solo por esta calle espantosa lleno de calor o en un ascensor, en un puerto, en un hotelito barato o al despertarnos con otra mujer a la que no amamos. Entonces nos basta con un abrazo y un hola qué tal, como si el calor de los cuerpos abrazados bastara para anudar otra vez las palabras y continuar esa comunicación secreta que jamás se había roto y guardamos cada uno por su cuenta en el bolsillo más íntimo del traje que nos pusimos, ya viejo ahora, al despedirnos de ella. Era Marie.

Esa noche después del amor vi en sus ojos geografías maravillosas donde se descubrían continentes brillantes, cometas luminosos, ríos tan puros y profundos como los que alguna vez nadé en mi infancia. Reconocí faroles de calles ahogadas de niebla, pude imaginar puertos lejanos en mares tan perfectos como el Mediterráneo en plena primavera, cuando lo abraza el sol y no hay ni nube ni sombra en el aire que lo empañe. Conté plantas y las bauticé con los nombres de las mujeres amadas. Y ella se dormía poco a poco en una luz blanda, la córnea húmeda y las pupilas abriéndose para todos los descubrimientos de mi nueva alegría. Hasta que los cerró. Primero un momento y luego del todo. No sé por qué me asusté porque también vi, en aquellos tesoros que se asomaban del fondo de su mirada, barcos hundidos, incendiados, en mares desesperados por horribles tempestades y ciclones, pero preferí creer que aquellos disparos de fuego eran estrellas. Estrellas de un cielo nuevo. De un cielo nuevo para una noche plena y que luego se abrirían los párpados, para entregarme, para desnudar, en la mañana, los ojos abiertos con un cielo despejado y madrugador y con una madrugada llena de fe para los dos.

Vivimos juntos dos años más. Ella regresó a París. Yo me fui al interior. No hace mucho que regresé a Caracas y Morales me recibió en el aeropuerto. Preferí tomar el avión. Quizá lo hice por evitar el encuentro con la mujer, la vieja gorda que se encontraba sentada en el Nuevo circo con un niño entre los brazos, una maleta y una bolsa. Creo que tomaré un barco, me hará bien. Tal vez encuentre nuevamente a Marie en una isla.

Muñeca de madrugada

A Belén Huizi, pero también a
Antonio Gálvez, Clara Lambea,
Marta Mosquera, Nana Gavidia,
Ramón Lameda, el Indio Guerra,
José María Nunez, Fernando Gavidia,
Tarik Suki y Cristine Cousin

Galo se sentó en el banco que encontró menos cagado. Las palomas picaban cerca y los árboles de la *place* Dauphine se encargaban de regar la sombra sobre el silencio de nuestro escondite, la aldea que habíamos elegido para nuestros primeros besos y los últimos abrazos antes del metro, la mamá que me espera, la poesía del siglo quince, nuestro museo de amor en el 5° del Hotel Wetter. Aún no llegaba Nadine, tenía tiempo para fumarme un cigarro, distraerme con la aparición de un caballero que entraba en el Hotel Henry IV, alguna señora que se entretenía dándole un poco de compañía a su soledad con la comida para las palomas.

No tardaste en encender el segundo Gitane cuando la viste correr hacia ti como sólo se puede correr cuando se tienen dieciocho años y el amor y la vida entera. Después del abrazo, después de los besos y las palabras que se enredaban entre las palomas y los besos, decidieron que debían gozar de la tarde porque era verano y París estaba sólo para los dos. De seguro tomaron por el Pont Neuf hacia el Bul'Mich y de ahí cruzaron del café Cluny hacia el café Danton. También encontraron camaradas en el Danton y quizá jugaron maquinita en el Morván. Luego surgió la idea de bañarse porque el calor y fíjate que en el Wetter no tenemos baño. Después de tropezarse con el agresivo cartel del Complet se decidieron por el hotelito Des Ecoles que los recibió con una mujer llena de dulce envidia; llenaría las papeletas y luego subir al segundo piso y echarse en la cama con la botella de vino, los cigarros, el pan y el salchichón. Teníamos también queso y quizá unos cien francos de más para cualquier emergencia. Por ahí, con los cien, comenzó la cosa.

Era verano y por la Monsieur Le Prince el sol estiraba las sombras aún después de las siete de la tarde: el día sería más largo y el amor sin miedo al frío y la oscuridad de los días de invierno. Me siento bien, te dijo, había trabajado duro en sus poetas, de paso ayudó a su madre y hasta me quedó tiempo para hablar con Nicole, parece que está a punto de suicidarse, el tipo la mandó a la mierda. Pobre Nicole, tan buena gente, tanta gente buena que no puede gozar de este amor tan grande, da cierta tristeza cuando uno piensa que más de la mayoría de la humanidad trabaja sin amor por el trabajo, viviendo un amor sin el amor, gastando el tiempo sin ganar nada de nada, ni el pequeño consuelo que se gastó porque era irremediable hacerlo.

Se acercaron al pretil de la ventana abierta, con la botella de vino y los cuerpos desnudos porque el sol se acostaba lejos y el cuarto se llenaba de sombras. Tomaron el vino e hicieron una broma sobre el primer caminante, la primera pareja. ¿Crees que se amen como nosotros? ¡Ah! Nadine, fue cuando se te ocurrió decirme que teníamos mucha suerte de asomarnos desde el segundo piso y no de un piso mucho más alto. Porque no lo soportaría, dijiste, y fue la primera expresión de rechazo a la realidad que gozábamos los dos. Quería saber por qué lo del segundo piso, pero Nadine consideró que era perder el tiempo eso de hablar de fobias y temores porque estaba harta de ser señalada como una loca.

–¿Y quién te dijo que lo eres, dime?

–Desde niña, ¿sabes? Primero fue la altura, después los puentes, después me escondía de las miradas en las calles porque de golpe cualquiera de ellas me dejaba hasta las cinco de la mañana con miedo y sin poder dormir. Hasta me llevaron a un médico, imagínate.

Siempre la ventana abierta, y de golpe a los cinco minutos se rompe la historia y pam, se acabó. Y yo no entendí lo de los cinco minutos y te conté que a mi también me sucedía algo así, el metro por ejemplo, y te conté que un día que viajaba de Odeón a cualquiera estación, a los tres minutos me creció bruscamente un pánico insoportable, al extremo que estuve a punto de romper la puerta de una patada. Y no sabía exactamente por qué, y eso era lo terrible, porque después me resultaba insoportable entrar al metro, tenía que tomar tres copas de cualquier coñac, algún calvados, un poco de alcohol, para someterme a la tortura de encerrarme hasta la próxima estación.

Pero ahora nos desnudaba el amor, con vino y sobre todo una ganas enormes de amarnos, de contarnos las piernas que se multiplicaban y los ojos y los brazos y el amor y más nada. Hasta que nos adormilamos y llegó la noche. Y fue Nadine quien propuso dar una vuelta, total, teníamos algunos francos, podríamos ir al Orestias, ¿sabes? Comer unos pinchos y después saborear un poco la noche, darles un poco de nuestro amor a los buenos camaradas que también sientan el amor y no les importe otra cosa que amarse y mandar a la mierda todo lo que pueda dañarlo. Sí, claro, buena idea y, ras, estábamos en la calle. Creo que Galo ganó tres juegos y Nadine otros dos más. Las bolas de acero se deslizaban dócilmente hasta llegar a los *flippers*, de ahí el golpe seco y marcar trescientos más. Hicimos cinco juegos gratis, celebramos con cervezas y nos encantamos más de lo que estábamos, con la alegría de nuestros cómplices, de nuestro clandestino amor. Ah, tan fácil que era ser joven, tan poco complicado que era vivir, tan fácil que era ganar en la maquinita, imaginar la realidad como un simple juego de beber un poco, conversar sobre Celine, o Eluard, o contarnos las historias más increíbles de la increíble infancia de cada uno de los dos. Pero había que volver al hotel, ya teníamos ganas de matarnos de amor, ya nos sentíamos un poco demasiado alegres y debíamos aprovechar el tiempo, eso que la gente tiene y no sabe por qué y para qué. Fue cuando volvimos a la ventana que surgió lo del libro, porque tú lo repetiste lo de los cinco minutos y yo repetí la ansiedad experimentada en el metro, aquel terror instantáneo repentino, indomable, inexplicable.

–Pero no se repitió jamás, ¿no?

–No. No de ese modo. Te repito que cuidaba de beber un poco antes de entrar y, si por casualidad presentía nuevamente el ataque, me bajaba en cualquier estación y terminaba mi viaje cuando me diera la gana. ¿Y tú?

Dijiste que era algo diferente. Dijiste que sólo tenías catorce años y un día encontraste en Chatelet un libro, un libro que te pareció maravilloso y que por desgracia no conseguiste terminar porque el metro se había detenido ya en Republique.

–Me lo llevé a casa, no sabes, no te imaginas la felicidad que sentía de tenerlo conmigo, en el bolso, de pensar que era el único libro que había en el mundo que nadie había leído, porque estaba escrito en un cuaderno de muchas páginas, de esos cuadernos que sirven para hacer un diario o llevar cuentas o no sé, en todo caso yo leí más de cincuenta páginas, escritas con una letra menuda y la historia era muy sencilla y muy hermosa (entonces no era un libro empastado, publicado, quiero decir), claro que ya te lo dije, tonto, era un cuaderno, pero un libro en todo caso, un libro, y su historia era muy hermosa. Lo malo es que no sabía quién era el autor, tal vez nadie lo escribió, por supuesto que sí lo escribieron, quiero decirte que no aparecía autor en ninguna parte. Me desesperaba el hecho de haberlo perdido, fue algo espantoso. Porque fíjate ¿te dije que lo perdí o no? Claro que no. Espérate. Yo me lo llevé a casa y lo guardé como un tesoro. Después lo saqué un día y cuando fui al liceo conté a una amiga (una tal Marie o algo así) que había descubierto un libro inédito y que era maravilloso. La Marie me pidió mostrárselo y se lo negué. Por eso no me acuerdo del nombre de esa idiota. Nos peleamos por eso. Porque le negué su lectura. Y cuando volví a casa y esperé el Metro, para seguir leyéndolo, porque yo había suspendido la historia en el momento más interesante, más emocionante, imagínate: se trataba de una muchacha... pero no. Es lo mismo. Los cinco minutos.

–¿Qué te pasa Nadine?

–Nada, no me pasa nada. Vienen los cinco minutos y todo se rompe.

Entonces notaste en ella la angustia, una bofetada de angustia en su cara, el endurecimiento de las pupilas y los movimientos locos de sus ojos, como si se tratara de seguir el vuelo de un pájaro atolondrado en el cuarto.

–Pero, ¿qué te pasa ahora?, por favor.

–Es igual. Es ridículo. Cuando yo perdí (porque lo perdí) el libro y procuraba contarlo a mis camaradas, ellos me pedían el final y me sentía imbécil y me decían: no te preocupes, Nadine, total, hay miles de historias fantásticas y hermosas y de autores conocidos. A uno que me sugirió leer a Verne no lo maté a patadas y bofetadas porque me lo quitaron de encima. En serio.

–¿Y por qué, cómo lo perdiste?

–¡*Merde!* Te dije que estaba esperando el metro para regresar a casa y lo saqué. Entonces llegó un Delon, un maldito marica y se me sienta al lado. Tenía la chaquetita ajustada, los zapatos con el tacón y la protección metálica para sonarlos, tac, tac, tac, mientras camina. Los maricas, igualitos todos, y sus mujercitas con la falda. Me dan asco, en serio.

–Pero ¿qué pasó?

–Que si ¿quieres fumar? ¿Todavía te lo prohíben? Porque ya estás madurita, ¿no? ¿O no conoces las divinidades del amor, nena? Imagínate. Metí el libro en el bolsillo del impermeable (no, el impermeable no, porque tiene los bolsillos más grandes. Fue en el abrigo). Y justo cuando el tipo insiste, corro hacia el metro, y me salvo, ran, la puerta se cierra, pero ran, el libro tirado en el andén. El Delon sonreído. El Delon agachándose para recogerlo y yo temblando, sentí como un veneno abominable en todo el cuerpo.

Si te digo que sentí un vacío es poco. Era más. Era ser vaciada por entero de sentido. Nadine no existía ya. Y sudaba frío y entonces me aferré al tubo y me olvidé de Nadine y de Delon y del mundo y lloré y comencé a gritar y gritar. Me sacaron del metro. Tenía un montón de degenerados que deseaban socorrerme. Dije que se me había roto el alma, dije que me dejaran en paz, no sé qué dije y corrí hasta la boca y después por la calles y ahí comencé a gritar otra vez hasta que me caí medio muerta en el banco. Jamás he sufrido tanto en mi vida. Yo había perdido lo único que había ganado sola, completamente sola, lo único que para mí era un secreto que nadie conocía ni conocerá jamás. Y sentía que mi vida podía tener felicidad con sólo tocar las páginas de aquel cuaderno sucio y lleno de notas y dibujitos y de una letra tímida y perfecta. Mientras tuve el libro sentí fe y sabía que algún día encontraría al pobre infeliz que lo había perdido en el Chatelet. No te imaginas las horas que pasé en esta estación esperando ver un rostro que diera la impresión de ser el dueño de aquel tesoro maravilloso. Pero cómo diablos preguntarle a todos los locos barbudos, chiflados, con aspecto de pobre y de poeta si habían perdido un cuaderno, si todos los muchachos en París parecen estar locos, parecen padecer de insomnio por libros inéditos o rechazados. Si todos parecen maravillosamente locos y geniales. No sabes cuánto me dolió todo eso y cuánto me duele.

–¿Y qué tiene que ver con los cinco minutos?

–Imbécil.

Me dolió lo del imbécil. Porque lo había dicho con rabia. Pero con toda la rabia que debió sentir al perder el libro en el andén.

Al colmo que me imaginé peinado a lo Delon, con mis zapatos, tac, tac, tac.

–Perdona –dijo.

–No importa.

–Por favor, Galo, perdóname.

–Te juro que te perdono ahora y para toda la vida de todos los imbéciles de toda una existencia de imbéciles juntos.

–Gracias.

–Aún no me respondes lo de los cinco minutos.

–Dios mío, ¿tengo todo que explicarlo?

–No lo hagas.

–Sólo sucede que cuando se me extravió para siempre, cuando lo dejé tirado ahí en el andén, cuando supe que jamás lo recuperaría, comprendí la primera vez que intenté transmitir la alegría de recordar la mayor parte de la historia, a un amigo muy querido, que era inútil. Que al llegar a los cinco minutos, la historia de amor, porque era de amor, se resbalaba, perdía el equilibrio y se caía como cayó y se hizo mierda en el andén. ¿No entiendes que justamente por la falta del final, de unos minutos más, perdía todo sentido?

–Claro.

–Claro, claro, no entiendes nada. Además todas las historias contadas en cinco minutos, si son historias de amor, son iguales, ¿no?

–Bueno, no exactamente.

–No jodas. Iguales. Todas iguales. ¿Y sabes qué sentí? ¿Te lo puedo tratar de explicar?

–Si, Nadine. Pero, por favor, cálmate. Ven, vamos a sentarnos en la cama. Vamos a tomarnos un vinito (sí), cálmate un poco y déjame besarte (gracias) la boquita (gracias) y ahora toma un poco de vino y fúmate un cigarro, te hará bien.

–Seguro que sí.

Estaba muy cansada. Parecía no sólo cansada, un aire de tristeza, de abandono a una soledad imposible de compartir, apareció en sus ojos. Yo no quería hablar. Deseaba sentir las voces de la ciudad que entraban por la ventana marcadas con pausas desordenadas por los tacones que golpeaban suaves los adoquines de Monsieur Le Prince. Bebí y aspiré mi Gitane y esperé que ella tomara aliento antes de proseguir. De golpe se me entibió el cuello, eran sus ojos, su mirada única. Esa mirada que sólo reservaba para mí. Arqueaba las cejas como a veces lo he notado en algunas muchachas muy jóvenes y en algunas niñas. Arqueaba las cejas y me reservaba una sonrisa que nadie logró conocer. Porque incluso cuando nos encontrábamos reunidos en algún café o en una pequeña reunión de buenos amigos, cuidaba de ser descubierta y ocultaba esa sonrisa en su abriguito de invierno, o en su impermeable o bajo su suéter, pero en todo caso cerca de su pecho o atrapada por su mano que sólo dejaba abierta, al igual que su sonrisa, cuando nos encontrábamos solos en nuestra aldea, en nuestra pequeña y solitaria placita Dauphine.

–Te amo mucho –le dije.

–Y yo te vuelvo loco con mis tonterías.

–No. Lo sabes bien.

–Yo también te quiero mucho. Dame un poco de vino. Ya casi no nos queda nada.

–Bajamos y bebemos en la calle.

–No. Quiero estar sola contigo. Un rato. Tenemos un poco de vino y nos quedan cigarros.

Nos acostamos y procuramos acomodarnos muy cerca para no hacer esfuerzo alguno al momento del beso.

–Lo que pasa –dijo– es que debes entender que yo era muy niña. Y soñaba mucho. Y debes comprender que llegué a sentir después de esa experiencia, y cada vez que perseguía a un amor o me escapo de otro, que nunca en mi vida conseguía sumar las páginas que faltaban de la historia. Y que justamente eran ésas las que podían darle sentido a los dieciséis o diecisiete años vividos para sufrir de un amor idiota o para sufrir por no encontrar el amor de verdad. Y que todos los dolores, todas las angustias, todos los esfuerzos de todos los seres del mundo eran vanos. Que siempre era así. Una historia que se reventaba a los cinco minutos para nada. Y que a nadie le importaba un pepino que otras Nadines estuvieran llorando en otras estaciones del metro, en otros pueblos del mundo. Que todo el mundo vivía para esos cinco minutos fatalmente interrumpidos antes de un significado, por no conocer el resto de la historia. Que sólo importaba el metro, el camembert, el vino, *Le Monde*, llegar temprano, la comida, la televisión. La mierda.

–¿Crees que es así?

–Cuando no estoy contigo me viene la angustia, el libro perdido. Cuando no estoy contigo. Pero ahora estoy bien, me siento muy bien. Quisiera dormir un poco. Si quieres, Galo, sales y caminas un poco y así compras más cigarros y más vino. Yo estoy molida, cansada, pero bien.

-Quieres que te deje sola...

-No te molestes. Sólo que quiero dormir un poquito. De verdad. Hoy mamá me despertó muy temprano. La ayudé a comprar comida, a limpiar, la pobre es tan sola.

-Lo sé. Procura dormir un poco, Nadine. Y sueña que no hacen falta ni cinco ni veinte minutos más. Que el resto del cuento lo haremos juntos. No te angusties, ¿sí?

-Te lo juro.

Entonces la besé. Antes de ponerme la chaqueta ya estaba dormida, pero no pude verle la cara porque estaba de espaldas.

Y ya en la calle cuando me disponía a dejarme llevar por cualquier parte, experimenté la impresión, no por primera vez, de haber dejado algo, de haber perdido algo que debía llevar conmigo. Palpé para ver si estaba la cartera en la chaqueta, y la tenía, y también los documentos. Y entonces recordé el armario. Había un armario en el cuarto del hotel, esos armarios distintos entre sí y todos tan impersonales y parecidos o iguales que aparecen en los cuartos de hotel y que pocas veces son utilizados para otra cosa que no sea la de dejar una prenda de vestir desechable como la de un sostén (que no debía cargar de regreso en la maleta por razones más íntimas que las de botar un sostén que no debe regresar a ninguna parte), un calzoncillo, un lápiz labial gastado o un peine sucio o simplemente olvidado. O cualquier otra cosa inservible.

Pero ahora en la calle recordaba haber visto el armario y se lo atribuí a la atención prestada a los cuentos de Nadine. Sin embargo, me resultaba incómodo el olvido o el recuerdo del olvido. No sé, creo que me detuve frente al Mónaco, que saludé a algunos compañeros de vino, total, era maravilloso perder el tiempo, alejarse del hotel, sentir muy lejos el amor cuando estaba seguro de encontrarlo nuevamente y caliente bajo la sábana. Debía comprar el vino, también pan, quizás un queso. Nadine tenía en su bolso un abrelatas y una navaja que había heredado de su padre. Pero eso podría servirme de excusa, pensar en su belleza, distante, esperándome. Su amor joven durmiendo, y separado de mí, ese amor tan amado, tan lejos y que en cualquier momento, como por arte de magia, resultaba más real que el Boulevard St. Germain, que meterme en cualquier bistró y beber por mi cuenta una copita de un *vin rouge ordinaire*. Al pagar me sorprendió la cantidad de dinero que apareció en la cartera. Era imposible que contara más de doscientos francos y el mozo (porque me quedé observando los compartimientos de la cartera) me preguntó si algo estaba mal. Le respondí que no, que por el contrario todo marchaba demasiado bien. Ya con la botella de vino, el pan, el salchichón, sentí nuevamente la incómoda impresión de haber perdido algo, de no encontrarme completo. Palpé nuevamente los documentos, saqué la cartera y fue como una visión, la imagen entrometida y congelada de un lugar que no tenía nada que ver con el resto del *film*. Me vi a mí mismo acostado en una cama y la figura de una mujer abriendo mi cartera. Esto escrito o contado es exageradamente largo en tiempo y supone una acción, un movimiento, lo que no es cierto: repito que se me asemejó –para buscar un ejemplo que suele dañar por completo el sentido contenido de la emoción o de la idea– una imagen fija, con la nitidez y la luminosidad de un fotograma congelado, un fotograma arbitrariamente incluido en la burlona y loca edición de un *film* donde antes nos resultaba la historia conocida y personal. Me turbó, pero se lo atribuí a la sobrecarga de emociones que había conocido, que había vivido con Nadine y a la carencia de sueño.

Regresé al hotel y cuando me acosté a su lado procuré bajar de peso. Había colocado la botella de vino sobre la mesa, el pan, el salchichón. Nadine estaba medio dormida y me besó sonreída. Me alegró saber que el sueño la había recuperado.

–Te sientes mejor, ¿no?

–Perfectamente. Y te agradezco que me hayas dejado dormir un poco. No sé qué hora es.

–Casi las diez de la noche.

–Dormí bastante. Casi una hora. Me siento muy bien.

–Entonces hay que levantarse a comer, señora. Le traje lo mismo de siempre –dije y nuevamente sentí el fogonazo, la imagen del cuarto y a mí mismo en la cama de al lado de una mujer que abría la cartera a mi lado.

–¿Qué te pasa? –preguntó–, ¿y esa cara?

–Nada –le dije–. También a mí me pasan cosas raras.

–¿Qué te pasó ahora?

–Hay algo que no entiendo, Nadine. Hace poco al salir a caminar, vi, pero óyeme bien, vi de una manera perfectamente clara, como una inmensa y enorme imagen, me vi a mí en un hotel, acostado y al lado de una mujer a quien no logro identificar; ella aparece algo borrosa.

–Extraño.

–Sí. En serio. Como si fuera ocupado por otra cabeza, otra memoria y te fijaran de golpe esa imagen que no tiene nada que ver contigo. Pero que a la vez te contiene, porque puedes verte a ti, tirado en la cama y al lado la mujer con una cartera. Y lo que es más extraño aún: la veo abriendo la cartera, ¿entiendes? Y hace un instante, en la calle, me detuve para hacer tiempo y bebí una copa. Cuando fui a pagar tenía un dinero de más. Tengo mucho más del que debía tener. Tú no me has dado nada, ¿no?

–No, claro.

–¿Ves?

–No lo sé. Pero fíjate.

Y nuevamente me asusté: se habían sumado otros cien francos más.

–Esto es muy raro. Y lo del ropero...

–Eso no tiene nada...

–Sí tiene. Este cuarto es mínimo, y un ropero es casi más grande que todo el cuarto, ¿comprendes?

–¿Qué quieres decir con todo esto?

–Nada. En realidad, nada. ¿Qué quieres hacer ahora?

–Bueno. Tomar un poco de vino y comer. Se me abrió el apetito con tu cuento de suspenso.

–No me jodas.

–No te jodo y come.

Nadine se sentó en la cama y olvidé todo el lío.

Era estúpido pensar en otra cosa que no fuéramos nosotros.

Nos quedaba parte de la noche y de la madrugada. Nadine debía regresar en la madrugada a su casa y había que aprovechar el amor que nos quedaba.

Dulce y un domingo en la playa

A Yolanda Parilli.
Y a la patota: Carlos Alzuru,
Rafael Jiménez, Mary Fragachán,
Inos Pereira y Francisco Santos

Cuando pedí la cerveza vi caer una hoja del uvero. Tropezó
con una silla y luego se acostó en la arena. La sombra de un pájaro se
deslizó cerca, traté de verlo pero no pude, ella me dijo algo entonces
y la vi sonreída. «El mar calma, ¿verdad?» Estábamos en Laguna
Beach y el día era absolutamente azul y de un sol encandilador. Las
sombras de los paraguas parecían más oscuras en la playa, lejos de
las de los árboles, cerca de nosotros. Habíamos gozado de la arena,
pero luego nos fue cada vez más difícil soportar el calor, el sol que
nos quemaba. A ella le habían brotado lunares rojos en la piel y ya yo
sentía el ardor en los hombros y en la cara. Ahora era agradable beber
la cerveza fría que me habían servido y después fumarse un cigarro y
hablar de cualquier cosa. Recuerdo que ella dijo un día en la mañana
que no hacían falta las palabras para gozar del mar. Que mejor era
mirarlo en silencio. No sé por qué lo dijo. Yo la besé y le pedí que me
acompañara a nadar. Nadaba bien, pero lentamente y con los ojitos
achinados y el cabello mojado: parecía más niña y más feliz. Bebí
un trago y le pedí un cigarro. «¿Crees que llegue?», me preguntó.«No
sé», le dije. «Es posible.» Más allá de los paraguas flotaba un barco
sobre la línea del horizonte. Iba en dirección al puerto, imaginé los
marineros trabajando bajo las últimas órdenes, en camiseta, algún

oficial bebiendo un trago. «Quizás llegue muy tarde», dijo. Me pareció que se preocupaba demasiado por ella. «No lo creo», dije. «De todas maneras llegará y no vale la pena preocuparse.» La vi y no pude dejar de sentir un momento de calor y de ganas de intensas. La imaginé desnuda, sobre la cama, y dijo: «Apúrate con la cerveza». Pagamos y fuimos al ascensor. Un niño entre varios amigos observaba una morena dentro de un pote plástico lleno de agua. El más pequeño comentó que picaban como las culebras, y el mayor que a lo mejor la morena no estaba muerta del todo, y que debía tener cuidado. El ascensor se abrió, salió un señor bajito, con sombrero, lentes y camisa y pantalón de la misma tela. Lo acompañaba una señora que hubiera sido menos gorda con bata o algo que le cubriera la piel blancuzca que se le anillaba en los muslos y en la cintura.

Dulce me dijo, cuando pasamos y hundimos el botón, que sentía miedo a envejecer. Las mujeres feas y gordas la llenaban de ansiedad, de una angustia que no podía explicar. «La juventud es tan hermosa», dijo, después de besarme. «Quisiera vivir tantos años así, joven, con la piel joven, con el cuerpo joven, sé que si llego a ponerme así como esa señora sentiré asco de mí y eso me amargará, a mí y a todos los que viven conmigo. »Me reí, le di una nalgada. Se abrió la puerta del ascensor y salimos al pasillo de los departamentos.

El muro prefabricado permite la vista al mar, a través de los huecos, y de las playas cercanas. El día era enorme desde ahí, el mar se extendía resplandeciente, y las olitas brillaban como espejos. Vi el barco antes de abrir la puerta y entrar. Ella pasó con el cabello alborotado y la seguí. Después se sentó, luego me confesó que sentía fiebre y unas ganas dolorosas de amar. La besé, después vino el calor y la maravilla de entrar en ella, el olvido, el desmayo de los cuerpos. Al tiempo gritó. Cuando desperté, Dulce había servido dos whiskies con hielo. Los bebimos comentando algo sobre la vida sencilla en el mar, y las tonterías que se sufrían en la ciudad. Luego nos bañamos juntos y nos vestimos. Eran las cinco de la tarde. En el cielo se doraban las nubes, la playa resultaba sola con tan poco gente. Llegamos a casa muy tarde porque había mucho tránsito. Dulce me pareció triste. Y me dijo: «Yo sabía que no iba a llegar». Se refería a Inés, una amiga. «Pero eso no tiene importancia», dije. «De todas formas pasamos un día agradable, ¿no crees?» «Si –dijo– pero me hizo esperarla, y eso me molesta. Era un día tan maravilloso que no he debido esperar nada de nada y entregarme a ese día, ¿entiendes?» «La espera envejece», añadió.

Le pregunté entonces si no había sido feliz conmigo. «Sí», me dijo. «Inmensamente feliz, perdona.» Cenamos en silencio. Ella no era la misma muchachita nadando con los ojos achinados y feliz bajo el sol. Era una mujer adulta, preocupada y se encontraba lejos de mí. Antes de terminar la cena dijo: «Esa señora me descompuso, te lo juro. Deberían quedarse en sus casas». Luego vimos un poco la televisión. Me pregunté cómo podía uno sentir menos lo transitorio, la brevedad de todo. Entonces recordé que al día siguiente tenía mucho trabajo en la oficina. «Por qué todo se ha roto de golpe», dije sin advertir que ella me miraba ahora no ya triste sino extrañamente envejecida por algún recuerdo; algo la había dañado y no sabía qué podía ser. «¿Qué te pasa?», dije. «Nada», respondió. Se fue al cuarto, la seguí y vi que lloraba. Cuando le acaricié el cabello me pidió perdón. «Dios mío», dijo. «No sé por qué necesitamos un poco de felicidad para entender que la vida que llevamos es una estupidez. Y que jamás podemos dejar de ser estúpidos y entregarnos a esa sencilla y buena felicidad. No buscando playas por un día, y menos esperando a personas que no hacen falta. No sabemos, ni siquiera sabemos ser desdichados, como lo dices tú en tu cuento. La espera envejece, ¿verdad?»

Luego, ya en la noche, me dijo que todo se le había pasado, que se sentía nuevamente bien, que la perdonara, que ella había sido muy tonta. La abracé y me quedé dormido. Pero Dulce durmió mal. Se despertó y la vi luchar en la cama, procurando dormir. Lo hizo en la madrugada.

¿Cuánto falta, Dios mío, para que el mundo helado
de quietud se estremezca alguna vez de amor?

A Eleonora Requena y Beatriz López

I

Él llego en mayo y ella la vio quince días después, cuando él fue a buscarla en auto. El día era muy hermoso y él deseaba compartir aquella belleza de día limpio de mayo con una muchacha bien bonita y a la que tenía ya demasiado tiempo sin ver. Tenía verdaderas ganas de estar con ella, eran unas ganas muy grandes y seguramente hablarían mucho y habría mucho que contar y que conocer de lo nuevo de la vida de ella, y como la tarde era muy bella (pero bellísima) iba a ser difícil hablar al principio porque seguramente quedarían atontados de tanta nube en brillo y era mejor no hablar de golpe, porque entonces uno no sabría nada de lo que estaba hablando y porque había pasado demasiado tiempo sin verla y era mejor preguntar directamente, quería decir, de una manera inteligente, si es que él podía serlo, porque ella ya sabía muy bien lo bruto que no había podido dejar de ser nunca porque ni siquiera un viaje, imagínate, ni siquiera Europa, siempre serás tan imbécil y no te olvides de ponerte los pantalones bluyines medio rotos y desgastados que tienes porque te quedan muy bien; Sandra, quiero decir que no debes preocuparte por nada y trata, por favor, de estar puntualmente a eso de las seis en punto, te lo ruego, no me hagas, te lo ruego de verdaíta, no me hagas tardar porque me siento medio excitado, sabes lo que es tener más de cinco meses sin verte, no te imaginas todo lo que tengo que contarte y lo peor es que yo sé perfectamente que al verte se me pega la lengua de los dientes, como aquella vez, perdona, ya sé, por favor puntual. Okay, Sandra chao, un besito en el ojo.

Como casi todos sus amigos, Boni había sufrido una crisis antes de entrar a la universidad. Pero en cambio, a diferencia de otros, el padre le dio la oportunidad de viajar para distraerse y no pensar demasiado en la carrera que debía estudiar, así la vida le daría más tiempo para elegir entre derecho o medicina o arquitectura, de paso, algunas experiencias seguramente le indicarían cuál era su verdadera vocación, a pesar de que el viejo estaba casi seguro de que en el fondo el temor a comenzar cualquier carrera se debía en gran parte a un problema afectivo, ya que Boni estaba enamorado y se la pasaba en fiestas o en el cuarto leyendo novelas de amor donde perdía el tiempo y demoraba el momento de comprometerse con lo que algún día le daría no sólo un oficio sino un sentido a su vida. Ya Boni había cumplido los dieciocho años. Era necesario que comenzara a estudiar cualquier cosa o que trabajase para no perder el tiempo, dígame aquel amigo tuyo, dijo un día el viejo, que se fue a las guerrillas y que para enderezar el mundo o ese otro peludo que no se cómo se llama que se la pasa pintando mamarrachos, lo que le falta es orientación a esos muchachos, vete tú a Madrid, pasa un tiempo allá y vuelve, verás que te sentirás más seguro de ti, el hombre necesita vivir solo, tanta compañía femenina lo frivoliza y lo disuelve en naderías.

Un hombre que en este país no tiene auto no es un hombre, así que, papá, tienes que prestarme el tuyo, pero el viejo, no te olvides que el último choque me costó tres mil bolívares, pero papá, son otros tiempos, para qué me hiciste regresar entonces, y el viejo, bueno cógelo, tienes razón, la próxima semana te regalo un fiat para que no eches más vainas, y Boni, ahora un hombre completo, se deslizó sobre las avenidas de la ciudad, sintió que planeaba cuando atravesaba la autopista Cota Mil, y aterrizó en una callecita húmeda y silenciosa.

La flor del apamate puede ser de color lila, pero el que ocultaba parte de la fachada de la casa de Sandra había florecido con un tono azuloso y las flores, que son de una textura lisa y de una piel que trasluce la luz, brillaban bajo el sol de mayo. Bonifacio aprovechó la sombra y detuvo el auto después de escuchar el estallido de alguna flor caída bajo la rueda. Se secó el sudor de la frente, se pasó el pañuelo azul con una be en la punta por el cuello, y al sentir limpios de humedad las palmas de la mano y el rostro se miró en el espejo, sonrió imaginándola en la puerta y pensó que no tenía mala cara.

Boni sacó y leyó la parte de la carta: «Sabes que fui solita al parque Los Caobos y te recordé sentado en el banco donde nos sentábamos juntos y me puse tontísima porque fui a coger una hoja del suelo y oí que tú me decías, déjala donde está, que es ahí, junto a las otras, donde se ve mejor, y me parecía oírte, y a pesar de que tenía ganas de coger la hoja la dejé, y me sentí tonta y avergonzada y se me aguaron los ojos, qué tonta, ¿verdad? Besitos, no te olvides de aprovechar bien el viaje, Sandra».

Pero añadiste algo más, Sandra. Añadiste que la carta te parecía demasiado simple, añadirías algo de interés para mí, pero más tarde porque ya te llamaban a cenar, Sandra, a mí en cambio, aunque nunca lo supiste, me parecía lo de la hoja suficiente y cada vez que leía esa parte me largaba a un bar que quedaba cerca y bebía como un perfecto desgraciado para olvidarme que todavía me hacía falta matar tres meses más de tiempo y verte, no te imaginas los abrazos que te daba, Sandra, me hacía daño pensar en ti, aunque nunca te lo dije porque nunca he sabido decir las cosas en serio, como dices tú, y en cambio siempre hablo en broma o con groserías como para no darle importancia a nada, como para olvidarme de lo jodido que puede ser todo si uno no le mete su trampita con un poquito de humor a la vaina.

Posdata

«... Me pregunto, ¿qué puede ser interesante para ti? No sé. La verdad es que no lo sé. Me gustaría contarte como si no lo supieras, lo que más me encanta recordar de nosotros, de lo que hicimos juntos, para que sepas cómo te recuerdo y qué cosas son las que más me gustaron de ti. Me parece que así, de ese modo, al menos sabes con quién me quedé aquí en Caracas, cuando tú te fuiste en el barco a España, a Europa, así por lo menos sabes cuál de todos los Boni fue el mejor, no sé, digo tonterías, perdona. Pero la verdad es que no estoy muy enterada de la situación política (que a ti te interesaba algo de eso, me acuerdo), ni nada de lo que ha pasado en la UCV, aunque sí sé, por ejemplo, que las cosas no deben andar muy bien, parece que Betancourt va a hablar por televisión y hace poco leímos la noticia en el periódico de que habían matado a unos policías y los tipos se metieron en la universidad. Perdona que no esté muy enterada. ¡Ah! ¿Sabes que ahora voy a tomar clases de pintura, no? ¡Por fin! Mamá está encantada con la idea. Mi hermana se va a ir de vacaciones a Estados Unidos, se va al norte, a casa de una amiga americana que la invitó. Está feliz... y el grupo (me refiero a mi hermana, a Lila, Natacha, Jacinta, que por cierto sigue enfureciéndose cada vez que uno la llama Jacinta) está leyendo a ese mexicano que se llama Fuentes, también a Cortázar. Yo no los entiendo mucho. En inglés releí el otro día algo que es una lástima que tú no puedas leer «Tender is the night», de un escritor que alguna vez conocerás y que a mí me encanta: Scott Fitzgerald. Bueno, está de moda la falda corta y todo el mundo empieza a hablar de los famosos jipis norteamericanos. Perdona por mi poca madurez, recuerda que sólo tengo diecisiete años y que además te quiero mucho, que es en realidad lo que me hace decir tantas tonterías. Escritas son peores que dichas. Cuando se leen son horribles, ahora me doy cuenta de lo idiota que he debido ser contigo, aunque también me doy cuenta de que no hablamos con palabras, ahora me doy cuenta de muchas cosas, me doy cuenta de que hablábamos con cosas que nunca son idiotas y que nunca se pueden decir. Ni el Scott F. las pudo decir, ¡imagínate! (La posdata es más larga que la carta, qué loca estoy). Mamá quiere que vuelva a Nueva York, dice que así termino de estudiar el *college*, pero me quedaré. Cuando comience las clases de pintura te mando un retrato tuyo que haré con mi pobrecita imaginación. Un beso grandísimo pero grandísimo (antes me daba miedo, una se imagina que puedes estar acostado con una mujer). De nuevo el beso y más grande todavía y te juro que te quiero así tú siempre pienses que no y que yo soy muy coqueta y que me gustan demasiado todos los tipos que veo en la calle.

Besos, Sandra».

Me asusté tanto, Sandra, cuando recibí tu carta en el hotel. Temblé como un perfecto imbécil y tuve que cerrar la puerta del baño como si las camas o la mesa de noche fueran a entrar al baño y verme llorando porque te juro que este perfecto ridículo lloró con tu carta así haya tenido líos con la pintora y la judía americana que por cierto estaba buenísima.

«Besos, Sandra, pero grandísimo de nuevo el beso y te juro que te quiero así tú siempre pienses que yo soy coqueta y que... perdona que no esté muy enterada ¡Ah! Sabes que ahora voy a tomar clases de pintura, ¿no?... Escritas son peores que dichas... Me doy cuenta de que hablábamos con muchas cosas que nunca son idiotas y que nunca se pueden decir...»

Bonifacio apartó los ojos de la carta y dirigió la mirada hacia donde se había producido un extraño ruido, pero en aquel lugar no había nadie: las cortinas de las ventanas le impidieron a Bonifacio advertir la figura de una muchacha joven que lo había observado desde la llegada. Se quitó un zapato, hizo un lazo doble, y repitió con la misma expresión de angustia la mirada hacia la ventana. Se observó una vez en el espejo y comprendió que había perdido demasiado tiempo para secarse el sudor y abrió la puerta, respiró aliviado bajo la sombra del apamate, aplastó una flor con el zapato que ocultaba la carta, se persignó imaginariamente antes de llegar a la verja baja que debió abrir, levantando el pasador de hierro, antes de cruzar el jardín y enfrentarse tosiendo a la puerta principal. La madera pintada en color blanco mate reflejó pálidamente el color rojo bermellón del cuello de la camisa, y abajo, la oscuridad de los pantalones negros que debían contrastar agresivamente con el blanco de su chaqueta adquirida a cambio de una semana comiendo mal en Madrid.

II

Boni fue a tomar la tacita de café, pero al sostenerla por la oreja le tembló el pulso. Sandra no dejaba de observarlo con la curiosidad de algún animal aparecido en ese justo instante en un sillón y Boni no pudo encontrar ningún recuerdo que valiera la pena: juntó las rodillas, se buscó un cigarro y antes de prenderlo dijo que la vida era muy extraña.

–El tiempo pasa rápido –dijo ella.

–El tiempo no tiene nada que ver con uno –dijo Boni.

–Pensar que ayer te fuiste y hoy estás aquí.

–Y pensar que entre ayer y hoy sucedieron tantas cosas que uno no puede llegar a sentir como tiempo, ¿ves? Es terriblemente extraña la vida –dijo Boni–. Terriblemente extraña.

–Lo que más me desespera es no entenderlo, pero nada –dijo ella.

La empleada de la casa apareció en la sala y le pidió a Sandra que la acompañara en la cocina para saber cómo debía terminar la torta que estaba preparando antes de la llegada de Boni, Sandra pidió permiso y Boni aprovechó la soledad para tragarse un sorbo de café, lo sintió demasiado meloso y frío, apagó el cigarrillo y se rascó la pierna. «Esta situación la he vivido antes, pero ni así puedo comportarme mejor, pero la he vivido antes, no sé ni cuándo, pero hasta lo de la torta y la empleada apareciéndose con delantal azul con flores rojas.» Un cuadro con estilo impresionista de flores y libros lo distrajo por un momento, después se fijó en los muebles. Estaban un poco más gastados, la alfombra era la misma. «El regreso al hogar», pensó Boni. «Lo que falta es que Sandra me quite los zapatos y yo descanse sobre su barriga y su madre nos encuentre y arme una pataleta, qué país. Dios mío, ni siquiera un regreso puede desenvolverse bien, una falta total de estética en todo, aquí la fealdad se produce por falta de naturalidad, de espontaneidad, lo que hay que soportar por el amor», se dijo.

Sandra volvió con una bandeja que dejó sobre la mesa, apartando el florero de cristal tallado. La mosca que había desaparecido volaba sobre los platos de torta, pasó cerca de un vaso de Coca-Cola, se confundió con la sombra que se apretaba en el comedor de la casa. «Me va a dar cagantina», pensó Boni. «Si la pruebo me hago y tengo que probarla.»

–Yo sé que a ti te encanta –dijo Sandra.

–Me hago –se oyó decir Boni.

–¿Qué?

–Me hago decir tonterías –dijo Boni.

«Esa frase es de vieja en cocina chupándose los dedos», pensó.

–Me encantaría probarla –corrigió–. Debe estar muy buena.

–Buenísima –dijo Sandra.

Boni pensó que se había expresado como una vieja por reflejo condicionado. Siempre que Boni se encontraba comiendo tortas, decía disparates de viejas que comen tortas o preparan tortas en la casa. «Me hago y de paso hablo como gorda que suda a teta horneada.» Un hombre no debe comer tortas.

–¿Qué piensas? –preguntó Sandra sentándose, cerca, en un sillón tapizado con fieltro azul.

–Pensaba en el viaje –dijo Boni–. Por cierto, Sandra, perdóname pero tengo que ir el baño.

–Ah, claro, tonto, ve. Te espero.

Boni conocía el camino, pero no eso, antes de llegar al baño, se vio obligado a detenerse y apretar las nalgas. Entró, comprobó que no había ocurrido lo que temía y permaneció un tiempo doble para hacerlo y dejar limpia la vida y el honor de los pantalones.

« ¿Por qué un hombre que ha conocido a una mujer desnuda, que la ha visto cómo llegó al mundo y la ha amado, teme tocarla cuando la ve por primera vez, después de seis meses de añorarla?» El pensamiento de Boni tuvo respuesta:

–No me has hablado de París, Boni, ni de Madrid, estoy loca por saber qué te pasó, qué viviste...

–¿París? –preguntó Boni.

–Tengo tantas ganas de que me hables.

-¿Que te hable?

-París, Boni, supongo que es maravillosa esa ciudad, ¿verdad?

Boni la encontró con el estómago vacío y una muchacha que perdió a los dos días en un metro. París había sido terrible.

-París es una maravilla -dijo Boni-. Una maravilla.

-Me imagino -dijo ella- ¿Y qué hiciste?

-¿Y qué hice?

Lo que hizo fue tragar aire y saliva podrida de un asco de cigarros negros y tambalearse con hambre por las calles buscando a aquella gringa alocada que tenía el poco dinero...

-¡Ah! Tantas cosas, tantas cosas Sandra.

...me dijo espérate un momentito ya vengo y se cambian cigarros y después regresa y me explica que consiguió Especial Cigarrets y yo qué coño de especial, y la gringa ésta me dice espérate un segundo y se va dejándome limpio y sin otra cosa que un hambre, Dios mío, me iba cayendo en la escalera y todo el día buscándola.

-Cuéntame -dijo Sandra.

-Conocí el Sena que veíamos juntos en fotografías, Sandra, es precioso...

...hasta que me di por vencido y me eché en un banco, al rato otro me dice en inglés, que me vaya de ahí, que si quiero dormir vaya a la isla, y lo acompaño, ni sé adonde voy, el hambre no me deja pensar, mentándole la madre a la maldita gringa cuando la veo, a la misma, la misma puta sentadita con un millar de piojosos fumando porquería y riéndose con la lengua afuera, oye, le digo, coño, me dejaste. Y la gringa con los dientes afuera y el culo. Dios, tenía aquel culo y aquel cuerpo, me volvía loco, olvídalo, me pide, yo olvido todo, le digo, pero si das algo de comer, carajo. Me consiguió un pan y un vino y dormí sobre su barriga con una cobija que otro peludo me trajo y al otro día me desperté y me encontré una notica donde me pedía perdón, y dentro el dinero justo para comer algo más y para pagar el tren de regreso a España, qué viaje coño...

–El Sena –repitió Boni– es precioso.

–¿Verdad que sí?

...cuando me acuerdo de ella y a la vez que entré en aquella placita, me acuerdo que alguien nos dijo que era un barrio el Vog o no sé cómo carajos se llama y había columnas alrededor de la plaza y así como si nada descubrimos a ese tipo famosísimo que se llama Yves Montand saliendo de un restaurant, un tipo muy importante, y cuando se lo señalé a la gringa lo vio como quien está acostumbrada a mear sobre platos de oro, qué bolas... ni un cigarro teníamos entonces, ni un cigarro, coño...

–¡Ah! Precioso, Sandra, me encantó, palabra, pero sobre todo el Sena, el río con los *bateau mouch*, son preciosos los botecitos...

–Me encantaría.

–Y los puentes, la punta de la isla de la ciudad.

–Debe ser lindo.

–La ciudad más linda del mundo, Sandra, no es coba.

–Claro que no, seguro –dijo ella–. ¿Y qué más?

–¿Y qué más? ¡Ah! Tanto, ¿verdad? Es tan difícil contarlo de golpe.

...y le dije vamos a ver de dónde sacamos un cigarrito, no

tenemos ni humo, así no podemos marchar. Ella me respondió que me aguantara y que no fuera burgués, no ves que me estoy muriendo de hambre, ¿o es que tener hambre es ser burgués, carajo? Y ella, cállate, y yo, eso sí no se lo aguanto a nadie. Le grité que se fuera al carajo y que le gritara eso a la abuela, y ella no tenía y me pedía tranquilidad, que entendiera (yo, qué bolas) que estábamos en París, yo, que estaba tranquilo en Madrid, bueno, al menos comiendo completo y pasearme con esta barriga vacía, ¿a quién diablos puede gustarle esa vaina?...

–¿Qué te pasa Boni?

–¿Por qué?

–Pones una cara.

–¡Ah! Los recuerdos: un tipo al que tuve que darle una trompada, eso fue todo.

...y Julie me dice, ¿no estás encontrándote con cantantes famosos?, y le digo que sí pero que la barriga no se llena con esa vaina, y ella tú lo que eres es un burgués de los buenos. Y yo miro a la gringa, le digo vete tú con tus malditos piojosos jipis del carajo que yo me voy a donde me dé la gana, pero a las dos cuadras tenía ganas de verla otra vez y regresé y me estaba esperando y me dijo, para colmo yo sabía, dice, yo sabía que ibas a volver, vamos a buscar cigarrillos, dice. Esa noche dormimos por minutos abrazados en un banco y nos despertábamos cada dos o tres minutos y llegó la policía y preguntó algo y se fue y de repente supimos que había amanecido y fuimos a cambiar el chequecito que tenía, qué viaje, Dios mío, ¡qué París!...

–Oye, –dijo Sandra–. ¿Quieres oír música?

Bueno -dijo Boni-. Ponla.

...cuando volvía del tren colgado de la ventanilla y viendo aquel paisaje de tierra caliente con sol de España y bebiendo vino Valdepeña que alguien traía, la verdad, no sabía bien por qué regresaba a España, por qué trataba de volver al pasado, a Madrid, al hotel, al viaje de regreso a mi país, a Sandra, no sabía por qué y en cambio estaba seguro de que cada vez se alejaba más la aventura de entrar todos los días en un mundo distinto, con Julie o Nicole o con Marie, pero distinto. Hubiera podido quedarme, Sandra, pero por los viejos, y claro que por ti, Sandra, qué nos pasa, Dios mío. Nos hablamos como dos muñecos, como dos viejos, ¿por qué no nos podemos mirar directamente a los ojos?...

-Boni, ¿qué te pasa? ¿No quieres torta? Tienes una hora mirando el plato de torta.

-¿Cómo?

-Que tienes una hora mirando la torta.

-Tengo una hora mirando la torta -repitió-. Una hora.

-¿Qué te pasa?, viniste rarísimo.

-Nada, Sandra, vamos a oír ese disco. Tengo una pesadez en la cabeza, no sé qué me pasa, pero la siento pesadísima. Y el cuerpo como si estuviera inflado, pero de gases. De puro gas. Sólo gas.

-Qué genial...

-No, de verdad, vamos a oírlo, ¿quieres? ¿Qué vas a poner?

-¿Qué disco quieres que ponga?

-Qué disco quiero que pongas... -se repitió Boni como cuando rezaba, siendo un niño, sin entender la oración-. Qué disco quieres que ponga...

–Boni, vale, ¿qué te pasa?

–¿Qué nos ocurre? –le preguntó Boni bruscamente.

–¿A qué te refieres? –respondió ella.

–No sé, Sandra, te acuerdas, ¿verdad? Te acuerdas cuando fuimos a la playa y juramos desnudos y todo eso, ¿verdad?

–Claro, gafo, por supuesto. ¿Por qué hablas de eso?

–Te acuerdas la vez que llorando te pedí que me dejaras besar los dedos de tus pies, ¿verdad?

–Boni, ¿qué te pasa?

–¿Te acuerdas la vez que te compré un papagayo para que colgaras en tu cuarto?

–Me dijiste...

–Te dije que así podrías recordar siempre tu infancia.

–...me dijiste.

–Te acuerdas la noche que vine solo y estuve cantándote borracho y solo, y tú me mamá me echó agua y tú saliste y tu papá...

–Me acuerdo, Boni, pero ¿qué te pasa? ¿Por qué tienes esa cara?

–Te acuerdas la vez que oímos juntos la canción de Johnny Matis...

–Boni...

–Y había cauchos podridos sobre un monte y regresábamos empapados y llenos de tierra y éramos amantes, te acuerdas, ¿no?

–Pero Boni, cállate, no hables tan alto. ¿No ves que nos oyen?

–¿Y qué?

–Boni, por favor.

–Sabes una cosa, Sandra.

–Pero Boni.

–Yo llegué por ti y me fui a Europa por ti y es verdad que tuve enredos con una gringa pero regresé, Sandra, regresé y lo único que tenía en la cabeza eras tú y vine por ti, por ti estoy aquí, coño, ¿qué pasa entonces?

–¿Qué te pasa, Boni?

–¡Qué coño nos pasa! Nos pasa algo, ¿no? ¿O no nos pasa nada?

–Pero Boni, tienes los ojos...

–Me importa, sabes que me importa pero un simplísimo carajo, ¿no?

–Boni, mamá...

–¡Tu mamá y tu papá al carajo!

–No permito...

–¡Permites lo que te diga!

–Cállate, Boni, estás como loco.

Oyeron la voz de la madre y Sandra le pidió a Boni que la acompañara. Se encerraron en una oficina.

–Incluso aquí mismo, Sandra, entiendes, aquí mismo.

–¿Qué te pasa, dime? ¿Qué es lo que te pasa?

–Así que no lo sabes, ¿no? Tú hablándome que si cómo es París. ¿Te importa París? ¿Puedes hacerme el favor de decirme si ésa era la pregunta que realmente querías hacerme? No, ¿verdad? Entonces, ¿qué carajo quieres saber de mí?, ¿que estuve en París, es eso?

-Boni.

-Es eso, ¿no? Bueno hay millones de libros y películas y novelas de porquería de París. Pero el caso es que yo estuve ahí. Has debido preguntarme por mí, ¿entiendes? O sea, sé perfectamente, te juro -bajó la voz, hablo más pausadamente-, yo sé, Sandra, que no es París lo que te interesa. Y te lo diré: Sí, es verdad, estuve con dos mujeres: una de ellas Julie: gringa, de pelo rubio, maravillosa en la cama y completamente drogada por marihuana todo el día. La otra...

-Cállate, Boni.

-No me callo, Sandra. La otra fue una alemana, pintora, excelente mujer. Y a ambas las amé. Intensamente.

-¡Cállate!

-No ganas nada -dijo Boni tocándose la cara- con darme una bofetada. Me dolió, te felicito, pero no ganas nada. Absolutamente nada. ¡Coño, cómo me jode la mentira, Dios mío!

-¿Para qué viniste?

-¿Para qué vine, no? Así que ¿para qué vine? Vine a contarte mi vida, Sandra, vine porque amo que estés viva, porque amo que seas de piel y hables y sientas y te llames Sandra y puedas llorar y reír, ¿entiendes? Por eso vine. Y para contarte que te amaba y que te deseaba y que al sentir los cuerpos de Julie y de Ana...

-Cállate, Boni, por favor.

-...pensaba en ti, ¿me oyes? Y si eso no puedes entenderlo... Dios mío... qué digo. ¿No entiendes, Sandra, que llego, que he llegado, que estoy aquí, que debe haber una diferencia entre estar contigo y hablar, y hablar por cartas? ¿No entiendes que estoy aquí y tú estás aquí? Dios mío, no somos eternos, Sandra, por favor, entiéndeme. Vine. ¿Me oyes? Y tú dices: ¿Qué tal París? ¡Qué importa París, por favor! ¡Y esos gestos de muñeca y hablándome como si fuera tu dentista, coño, era eso lo que había entre nosotros, Sandra?

–A lo mejor, dijo ella. Estaba de espaldas y Boni le hablaba mirándole el cuello.

–Así que era eso, ¿no?

–No he dicho nada, Boni, me has hecho sentir una puta.

–Sandra, por favor.

–Una pobre puta. En serio.

–Sandra, mírame.

–Déjame y vete, Boni, de verdad.

–No puede ser todo tan simple, carajo –se dijo Boni y fue a sentarse a un sillón de cuero–. No puede ser tan simple: Boni viaja, Boni regresa. Boni cuenta su vida, su vida es Sandra, pero su vida fueron otros paisajes y otras mujeres y Sandra, horrorizada que prefería oír hablar de París, me da la espalda y se queda como una momia. Total: Boni se siente como si en su vida hubiera tenido nada que ver con Sandra y Sandra como si jamás... y de paso dice que yo creo que ella es una...

–Cállate.

–Una puta.

–Cállate, Boni, por Dios –lo vio, se le enfrentó, tenía los ojos rojos y los párpados hinchados por el llanto– ¿No puedes al menos callarte?

–No, Sandra. No me voy a callar, te juro que no. No puede

ser todo tan simple, Dios mío: me fui, volví y estás aquí y yo aquí, nos hablamos y todo eso, Dios mío, todo eso ¿dónde está? ¿Dónde está lo que me hizo sentir por primera vez la vida en esta vida de disparatados sonámbulos? ¿Dónde está tu piel que yo sufría y mi piel que tú amabas y los cauchos y los cerros y la canción de Johnny Mathis?... te acuerdas, ¿no? A *certain smile*... te acuerdas, ¿no?

–Hasta romántico...

–Ridículo perfecto: jamás en mi vida me he sentido mejor que cuando corrí por las escaleras del maldito colegio tuyo con todas las monjas atrás persiguiéndome y gritándome que estaba loco y yo me reía a carcajadas y gritaba como un perfecto demente que yo amaba y amaba y amaba a Sandra... Sandra, algo pasó, ¿me oyes?

–Sí, Boni, que llegaste.

–Sí, pero lo más raro, Sandra, es que al vernos, cuando te sentaste como si jamás...

–No vuelvas a recordar esa historia.

–Como si jamás hubiéramos tenido un cuerpo y unas palabras y una emoción y una vida...

–Boni –dijo Sandra con la voz cansada– Boni, por favor.

–Cuando llegué y me diste esa torta entonces ya yo no estaba aquí. No, aquí no. No con esa torta y esa estúpida mirada estúpida de haciendo visitas. Dios mío, ¿sabes dónde estaba? En París, con Julie. Porque Julie entonces era la locura. Y en París eras tú, y por favor, Sandra, ayúdame a entender este disparate.

–Te voy a ayudar: vete, Boni, palabra. Quiero que te vayas de la casa. No quiero verte otra vez. Me haces daño.

-Sandra.

-Mamá acaba de bajar, Boni, la sentí bajar las escaleras. No quiero verte. No quiero discutir más. Estoy cansada de ti, te juro. Vete por favor.

Boni sentía que algo dentro de sí lo había traicionado, le había jugado una broma.

-Creo que estoy loco -dijo convencido-. Perdona.

-Vete -dijo Sandra.

Los dos hablaban serenamente. Con la serenidad con la que un jefe de oficina ordena un cheque para un empleado o un ramo de flores para el cumpleaños de su mujer.

-No entiendo nada -dijo Boni-. Ahora nada. Y era lo único que quería entender, coño, nada.

Sandra oyó estremecerse el mundo cuando el motor vibró afuera y dejó de vibrar y se quedó helado de quietud el mundo que la rodeaba.

La madre la encontró escupiendo.

-¿Qué haces? -le preguntó.

-Escupo mamá, estoy escupiendo, déjame.

A mi me tenía jodido porque ella sabía que yo la amaba

A Marisela Rodríguez

y Luisa Coronil

y María Virginia Valera

A mí me tenía jodido porque ella sabía que yo la amaba. Se lo había dicho y lo había probado delante de todos los pobres y miserables amiguitos que tenía en la Facultad. Un día le dije delante de una mata que a mí me importaba un carajo que ella lo supiera y que todos se burlaran de mí, ya que lo único que yo podía gritar con todas mis ganas era ese amor inmenso. Era por los años sesenta. La época de los jipis, de los Beatles, la revolución de mayo, los pantalones campana, las minifaldas y estaba de moda el *twist*. Ella bajó la cabeza y me dijo: «Mira, Paco, tú estás desesperado, mejor no nos vemos más». Y yo le dije: «Mira, sí nos vamos a ver y además cada vez que pueda gritártelo te lo voy a gritar. Y te juro que ni siquiera me importa que tú me ames o no. Voy a seguir sintiendo el amor grandísimo que siento y ese amor grandísimo es más grande que tú y tú pareces una cucarachita al lado del amor grandísimo que yo siento por ti». Ella se fue con una amiguita de esas típicas que se ríen con la boca metida en el pecho, y pegan la quijada de un pecho más plano que yo cuando me sentía tristísimo y entré a estudiar cualquier cosa porque no estaba enamorado. Cuando uno no está enamorado uno no quiere nada, y está perdido. Olvidado de todo. Y por eso no importa estudiar derecho o economía o cualquier pendejada. Deja de ser pendejada algo cuando uno está enamorado y yo lo estaba de ella y ahora me importaba un bledo que ella no me amara.

Yo sé que nadie va a creer lo que estoy diciendo. Me siento feliz porque estoy haciendo que aquel tiempo en que yo andaba chiflado y muchos se reían por la espalda de mí, aquel tiempo comienza a ser otra vez y lo estoy viviendo otra vez y tengo hasta ganas de regalarle flores a todo el mundo como aquella vez que entré en un bar con un ramo de flores y sin conocer a nadie yo estaba llorando y pensando en ella y le daba flores a todos y todo el mundo se reía un poco y después yo me fui y los oí a todos hablar otra vez y se reían más fuerte y a mí me importaba esa vaina un mismísimo carajo. Incluso no hubiera aprovechado mi metro setenta y ocho y medio, mis clases de boxeo y las patadotas que sé meter en el trasero cuando me da la gana. No lo hice porque estaba enamorado. Cuando se está enamorado no importa que alguien se ría de uno. Nada importa. Lo único que importa, como lo sabe todo el mundo que ha estado enamorado, es el amor de uno y lo demás al mismísimo carajo. Por eso cuento lo que estoy contando. Porque quiero vivir otra vez el amor que me volvió loco y que me hizo entender las tres o cuatro miserables cosas que conozco y que siento como verdad en este mundo.

En esa época, de la que hablo, yo era tan feliz, que me iba solo a El Hatillo y me contentaba con acostarme sobre la hierba a escupir y escupir y mojarme con la saliva, con mi propia saliva me mojaba la cara o arrancaba los tallos de la tierra y los mordía o pasaba una hora entera encendiendo fósforos y mirando cómo la llama luchaba contra la brisa. Me perdía, sin tiempo, en los colores y las formas en continuo cambio de nubes.

Recuerdo aquella vez que llegué y entré a una clase que daban de Historia de la Cultura, grité con todas las ganas el nombre de ella y ella se quedó espantada y yo después le grité con más ganas todavía que yo la amaba y que ella era una cosita chiquitica al lado del gigantesco amor que yo sentía por ella y que tuviera cuidado, porque un día de esos ella se iba a poner tan chiquita que mi amor grandísimo la iba a aplastar como una gandola a un huevo y lo revienta.

Otra vez me paré frente al baño de la Facultad y todas las mujeres salían y se me quedaban mirando y yo les iba diciendo a cada una: Yo amo. Yo amo a Kika. Yo amo a Kika y ellas se caían de risa y yo les seguía diciendo a todas las que salían de orinar: Yo amo a Kika. Yo amo a Kika y no me importa que Kika orine ni me importa imaginarme a Kika orinando ahora. No me importa porque la amo.

Pero ella me tenía jodido. Un día me dijo que a lo mejor ella me quería también, pero tenía miedo de mí, yo le dije que se fuera al mismísimo carajo porque si ella tenía miedo de mi amor era porque era una pobre cosa que no valía nada. Y me mandó para ese lugar, es verdad.

Me quiero acordar de la vez que un profesor de la Escuela me llamó a su oficina y me pidió por el orden de la Facultad que no gritara y que no hiciera las cosas que estaba haciendo y que a lo mejor yo necesitaba un psiquiatra y que él conocía a un tipo muy inteligente y que el tipo inteligente podía ayudarme porque él estaba seguro que aquello era una cosa nerviosa. Cuando el tipo ese terminó de hablar, me reí. Me reí con todas mis ganas y después cogí un lápiz que había por ahí y escribí en la pared: Yo amo a Kika. En la mañana, cuando llegué, el profesor que me tocaba me pidió que lo acompañara un momento y me dijo:

–Mire, usted como que tiene que descansar un poco o retirarse a la playa porque está muy nervioso y tiene un comportamiento extraño.

Se estaba rascando (a la vez) la cabeza y el culo, fumaba y de paso se pisaba las puntas de los pies mientras cerraba un ojo y volvía a rascarse todo lo que le colgaba.

Entonces quiere decir que me debo ir –dije.

–Si puede, sí –dijo él.

Pues que manden a buscar a los bomberos –dije– porque yo no me voy.

–Oiga –dijo él–, ¿usted se da cuenta?

–Sí –dije–. Me doy cuenta. Usted cree que estoy loco.

–No –dijo él–, no crea eso.

Me arrimó hasta una pared. Los alumnos trataban de ver qué pasaba afuera. Yo agarré, me asomé y les saqué la lengua. Ellos se rieron. Cuando volví (yo también me reí, fue la única vez que me cayeron bien esa sarta de pendejos que deben ser hoy profesionales con más de cien mil bolos, carro y apestando estupidez como siempre) a ver al profesor, el profesor se estaba rascando las dos cosas.

–Mire –dijo–, ¿usted ve? Acaba de hacer algo que está de más: hacer reír y quedar como un tonto.

–Yo siempre he sido un tonto –dije.

–Se ve –dijo él–. Pero vamos a hacer una cosa. Estoy perdiendo la clase. ¿Por qué no me promete que se va a portar mejor? Usted tiene más de dieciocho años, ¿puede comportarse, no?

–Mire –le dije al profesor–, ¿usted está enamorado?

–Se me va el tiempo –me respondió.

–Le pregunto si está enamorado.

–¿Por qué lo pregunta?

–¿Me puede responder profesor?

–Bueno –dijo–, pero abajo en el cafetín, ahora es muy tarde.

Lo esperé en una mesa donde había escrito una noche el nombre de Kika. El nombre cortaba la superficie de fórmica que tienen esas mesas. Lo esperé tomándome un café que fui a buscar y que traje y que ya había pagado cuando él llegó. El profesor llegó sonriendo y detrás de él venían dos mujercitas de la clase y estaban riéndose y me miraban y hacían comentarios y seguían ji ji y j aja y otra vez hablaban (como gallinas) y seguían sacudiéndose las plumas y se pasaban los granitos de maíz y seguían ja ja ji ji y eran gallinas, segurito. El profesor esta vez no se rascaba nada sino que le temblaba la cabeza. Tenía un temblor en la cabeza y me miraba, pero sólo un instante porque cuando yo lo miraba a los ojos temblaba más y me evitaba la mirada. Entonces pensé que si lo miraba fijo el tipo se iba a destartalar de la tembladera. Así que esperé que llegara el muchacho. Cuando llegó el sánduche de jamón y el café con leche me dio hambre. Me reí, por lo que se me ocurrió, y él me miró con ojos de ¿qué le pasa a este tipo?

–Tengo hambre –dije.

–Si quiere pide algo –ya estaba masticando y mirando a todo

el mundo y temblando y temblando.

–Tengo ganas de comer eso –dije y miré el plato con el sánduche.

–Si quiere puede cogerlo.

Me tragué la mitad y seguí mirándolo con ojos de miserable. O sea: de tipo que tiene ganas de comer y que además es un perfecto vago indeseable.

– ¿Como que tiene mucha hambre, no?

–Bastante –le dije–. No desayuno desde hace tres días.

–Caramba.

–Es horrible

(Yo debo hacer una explicación para que esto se sienta tal cual o más o menos como fue. Él estaba comiendo al lado mío. O sea que ocupó una de las sillas y quedó a mi izquierda. Pero a veces dentro de la tembladera me miraba casi de frente. O sea que rotaba sobre la silla que estaba bastante apartada de la mesa. Tenía una pierna sobre la otra. Imaginen la pierna, pero sobre la otra, y no con el tobillo sobre el muslo, ¿no? Otra cosa: él llegó con un par de libros que mantenía bajo el brazo hasta que llegó el plato con el sánduche y puso los dos libros en la mesa. Otra cosa: miraba constantemente a la mesa donde estaban las dos muchachas. Y vuelvo a decir: cuando yo le miraba a los ojos, temblaba más y se agitaba más).

–¿Y qué pasa? ¿No ha podido comer? ¿Le falta dinero? –preguntó.

–Mire, yo no he desayunado porque me he levantado después de las dos de la tarde –dije.

Sabía que eso lo iba a llenar de orgullo. Incluso, dejó de temblar. Claro: «Yo en cambio trabajo desde las siete, etc., etc.».

–¿Y qué pasa? ¿No puede levantarse temprano?

–No.

–¿Hay algún problema?

–Ninguno. El único es no poder seguir durmiendo hasta las cinco todo el día. Me encanta dormir porque estoy enamorado y sueño con ella y cuando despierto pienso que ella vive, que existe, que es real, y sigo soñando porque me gusta separarme de la realidad con la idea de encontrarla a ella en el sueño, y a ella, después, ya despierto, en la realidad. No puedo explicárselo porque estoy enamorado. Si no estuviera enamorado tuviera ideas más claras y mucho menos interesantes.

Lo divertido es que ahora el profe tenía cara de haberse encontrado con un loco. Le di oportunidad para que lo siguiera creyendo y para que se convenciera de esa vaina. Fíjense:

–¿Quién es ella? –se le ocurrió preguntar.

–Ella –dije. Miré la mesa.

–¿Quién? –preguntó.

–Usted la ha aplastado con sus libros.

–No entiendo.

–Ahora la está puyando con un codo.

Miró a la mesa con cara de «me ensucié con algo».

–Sigo sin entender –se puso rojito.

–Mire, profesor –hablé como quien se va a confesar y como quien finalmente va a aceptar su locura y va a poner en manos sabias la solución del problema–, ¿usted ha visto alguna vez una noche estrellada?

–Sí, claro.

–Okey. ¿Se ha quedado mirando una noche estrellada?

–Por supuesto.

–¿Pero seguro que se HA QUEDADO mirando esa noche estrellada?

–Yo también he sido un enamorado de la noche –dijo–. Por supuesto. ¿Quién no?

–No sé. Pero seguro que se quedó mirando las estrellas, ¿no?

–Sí, ya dije que sí.

–Bueno–él estaba un poco nervioso–, yo me quedé mirando una noche entera las estrellas. Estaba ahí –le señalé un jardincito que hay a un lado del cafetín–. Estaba estudiando con una silla de extensión y me quedé la noche íntegra mirando las estrellas. ¿Después sabe lo que hice? Escribí el nombre que está aquí en la mesa.

Él vio la mesa. El nombre ocupa toda la mesa. Vio pedazos de letras. Yo quité los libros y el plato y el café con leche y lo puse todo sobre una silla. El profesor se molestó.

–Mire.

Él miró.

–Es su nombre –dije.

–¿Su nombre? –preguntó.

–Kika. ¿No le gusta?

–¿Qué cosa?

–El nombre de ella. Kika.

–¿Kika?

–Kika.

–Mucho –dijo él–. Pero dígame una cosa. Antes que nada olvidé su apellido...

–Mi nombre es Paco –dije yo.

–Mire, Paco, yo quería era hablar con usted porque es que tenemos algunas quejas. Muchachas compañeras de ella –miró a la mesa– han contado que usted las asusta.

–¿Las asusto?

–No sé. Dicen que tiene una conducta muy extraña.

–Pasa que estoy enamorado. Ya se lo dije.

Él comenzó a temblar otra vez. También creo que prendió un cigarro.

–Yo también he estado enamorado. Claro que entiendo, pero no es necesario hacer ciertas cosas, ¿verdad?

–¿Qué cosas? –pregunté.

–Eso de gritar en clases y romper vidrios.

–Lo único que hice fue tirar una piedra a un vidrio.

–Exacto.

–Sí, pero tiré la piedra sabiendo que no iba a herir a nadie.

–Sí, pero no es eso.

–Tiré la piedra sabiendo perfectamente bien que no hacía daño a absolutamente nadie y estoy dispuesto a pagar el vidrio, ya lo dije.

–¿Por qué tiró la piedra?

–Me gusta el sonido del cristal, del vidrio, cuando estalla.

–Eso es lo que pasa –dijo el profesor–. Eso no está bien. ¿Yo voy a comenzar a arrancarles las patas a las mesas?

–Hágalo –dije.

–No, no puedo hacerlo.

–¿Por qué?

–Porque hay una cosa que se llama respeto. Respeto a los demás. Esas mesas están ahí para que la gente como usted y yo pueda sentarse a comer o beber algo. ¿Entiende? Y además es de los dueños del cafetín. No está bien entonces que por puro capricho...

Traté de hablar pero no pude.

–Hay que tener cierta consideración con los demás.

–Mire, profesor, en primer lugar si usted le arranca las patas a una mesa por joder, no es lo mismo que por oír el ruidito del vidrio. En mi caso el vidrio es roto por un problema musical, de sensibilidad auditiva, de goce por el ruido del vidrio rompiéndose. Hay cierta belleza cuando el vidrio se despedaza. Hay cierta belleza. No sabría decir cuál, pero la hay. Tal vez sea el hecho de que deja pasar el aire. Aire de los árboles y las matas. De que entra aire y lluvia. Lluvia de frutos, de viento, de pájaros mojados.

–Todo eso es muy bonito, pero usted no entiende.

–No, el que no entiende ahora es usted.

Hablé con un tono muy sereno, digamos que la voz un poco más baja que lo usual y pronunciando bien cada palabra, también separando bastante cada palabra de otra.

–Mire, Paco –dijo él–, usted decía que se levantaba a las dos.

–Dos de la tarde.

–Exactamente. Yo no tengo tanto tiempo libre. Tengo que trabajar. Tengo mujer y familia.

–¿Usted ama a su mujer?

–Se entiende, ¿no?

No dije nada. No quería ser grosero.

–Bueno. Tal vez ésa sea la diferencia. El respeto por los demás viene del respeto que yo pido para mi familia, ¿me entiende? –me estaba gritando.

–Sí, entiendo.

–Usted...

–Yo –dije– no he irrespetado a nadie. He gritado que amo a Kika, eso es todo.

–Lo hizo una vez en clases.

–Lo hice una vez porque sé perfectamente que esa clase no sirve.

–¿Qué clase?

–No puedo decirle.

–Dígalo –dijo él (estaba excitado).

–No puedo. Honor.

–¿Honor de qué?

–Honor, profesor. No crea que porque soy joven y tengo esta pinta de tipo canalla no tengo honor. Tengo honor de enamorado, ¿me entiende?

–No lo entiendo. Y ya es un poco tarde.

–No se vaya todavía, profesor. Usted me pidió una explicación.

–Sí, pero es tarde.

–Bueno, oiga bien. Si no quiere saber qué ocurre, entonces

no me diga que está interesado en saber qué ocurre.

-Bueno, hable, pero rápido.

Yo iba a comenzar un discurso buenísimo pero llegó el muchacho que le había traído el sánduche. Él pagó y yo esperé que el muchacho se retirara y comencé.

-Digo honor en el sentido de compromiso. De compromiso con los sueños.

-No entiendo nada.

-Bueno, yo tampoco entiendo muy bien, pero trato de explicárselo. Fíjese. Ayer por ejemplo soñé que yo estaba acá en el cafetín y ella aparecía y se sentaba sola en una mesa. En el sueño este cafetín era distinto. Bueno, pero era el cafetín. Total que sueño que ella aparece y yo le llevo un caramelo o un chocolate, no me acuerdo bien. Ella acepta el regalo, se ríe y yo me voy feliz. Después el sueño siguió pero no voy a contar sino ese pedazo porque usted está apurado.

-¿Qué quiere decir todo eso?

-Nada. Que hay un compromiso. Una vez soñé (despierto) que le gritaba su nombre y le gritaba que la amaba. Por eso entré el otro día en clases y le grité que la amaba.

-Mire, estoy entendiendo algo. Pero el hecho de que en los sueños...

Aquí no me acuerdo muy bien qué fue lo que dijo. Dijo algo así como que no importaba el compromiso con los sueños sino en contenido y no en forma. Es decir: con la intención, en el sentido del propósito, de deseo, pero no en cuanto a formas de realizar estos deseos o propósitos. Bueno, no exactamente así, pero como a él no le importaba sino el sentido, pongo el suyo cuando hablo de los sueños. Además, él no hablaba seguido. Y otra cosa es que repetía mucho claro, claro. O si no: sí, ya veo. Sí, ya veo. Pero yo no voy a poner a cada rato «sí, ya veo» porque a él no le interesa cómo se habla (me imagino) sino el contenido de las frases, como idea. Espero que no le pase lo mismo con su mujer. También es verdad que yo (cuando él hablaba) dibujaba con un marcador casitas y árboles y pájaros y nubes. Llené parte de la mesa con mis dibujitos. En casi todos había pájaros. Pero sólo en un dibujo (creo) puse un sol. Son dibujos de niño. Pero no crean que yo sólo dibujo casitas y cerritos, hasta me gané un premio, palabra. Lo que pasa es que me gusta dibujar cerritos y casitas y nubes y pájaros en el cielo. Incluso algunos de esos dibujos (es dificilísimo dibujar una casita con un cerrito y que aquello diga algo) me gustan mucho más que el del premio. Pero si mando a un concurso una vaina así mis amigos me quitan el saludo. Sigo.

El profesor estaba un poco distraído y miraba mucho a las dos muchachas (las gallinas de antes) que seguían muy emocionadas hablando y hablando. Por cierto, en las mesas en que había dos mujeres se hablaba mucho. Se contaban cosas. Se les veía entusiasmadas. En las mesas donde había dos tipos, a veces. Pero en las mesas donde había un tipo y una mujer, el tipo dibujaba en la mesa y la mujer lo miraba dibujar y a veces el tipo hablaba con cara de coño qué vida y la mujer le respondía con cara de este tipo me está aburriendo. En la única mesa donde había un tipo hablando como un loco y la mujer estaba entusiasmadísima, el tipo tenía un poco de aire de loco. No es que tuviera un pañuelo en la cabeza ni campanitas en los dedos, sino que tenía ese aire de estar tarado. O sea, de tener una obsesión metida en la cabeza. Pero miraba con ganas y la mujer le respondía con ganas. Eso lo noté y lo digo porque me hizo cambiar por completo la conversación.

–Mire –le dije al profesor–. Vea las parejas que hay aquí.

–¿Qué pasa con ellas?

–Véalas muy bien. Casi están muertas. No hay un hombre con una mujer y una mujer con un hombre. Hay un hombre y una mujer y una distancia de más de un millón de kilómetros de distancia entre ellos. Pura basura. Los hombres tienen más curiosidad por cómo poner un techo encima de una casa que por la compañera que ven todos los días. Les parece de lo más natural que sea mujer y que sea su compañera y que nada pase entre ellos. Basura, se lo digo.

–¿Qué es eso de basura?

–Lo mismo pasa con las mujeres –dije–. Tiene más interés por hacerse un vestido que por quitárselo con el tipo que quieren.

–Usted está hablando obscenidades.

–Se lo juro que pasa algo de eso, profesor, la gente está muy mal. En serio. ¿Me entiende?

–Sí, sí, ya, claro.

–Bueno.

–Pero, por favor, Paco, no veo –sonrió con cansancio– por qué va a estar usted complicando tanto las cosas. Usted está enamorado de ella y quiere que ella esté enamorada de usted.

–Casi no.

–Bueno, está bien. Pero los demás son los demás, déjelos en paz y deje que se amen como quieran.

–No se aman por miedo. ¿Y sabe por qué? Porque traicionan la forma como sueñan el amor que sienten.

–¿Usted cree?

–Seguro –dije.

Yo estaba hablando así, tercamente, porque estaba hablando no sólo de lo único que me interesaba hablar, sino de lo único que podía mantener y creer con toda mi fe. Y además sentía que era el único en el mundo que había descubierto el amor. Sentía que debía contárselo a todo el mundo y hacer que todo el mundo sintiera algo parecido. Incluso me sentía medio elegido y creía que gritando ciertas cosas la gente iba a comenzar a amarse y no de porciones miserables y miserablemente calculadas por miedo a darse y quedar en ridículo. Tal vez (pienso, ahora que pasaron tres años de toda esa época) estaba un poco excitado, pero es que además me sentía vivo, me sentía realmente vivo, que es una cosa muy difícil de explicar. Y además creía que debía actuar de acuerdo con mis sueños, porque de lo contrario los sueños se iban por su lado y yo me quedaba como un muñeco a quien le quitan la cuerda. Siempre he sentido que los sueños lo conducen a uno cuando uno los siente, los padece y cree en lo que sueña. Era mi única religión y la sigue siendo hasta ahora. Sé también que es peligroso porque uno no sabe exactamente lo que quiere: Puede soñar con algo, pero no sabe si eso es bueno o malo porque aún no lo ha vivido. Acepto el riesgo: de llegar a realizar sueños que después me jodan como me jodía ella porque sabía que yo la amaba y se lo había jurado.

–Yo no veo por qué complicar tanto las cosas –dijo.

–Yo no las complico, profesor, en lo absoluto. Pero tampoco trato de calmarme y decirme que lo que pasa es que estoy enamorado y que eso pasa y que debo calmarme: hasta ahora hice las cosas por hacerlas; estudié por estudiar.

–¿Nunca quiso a una mujer?

–Distinto: quería besarla. Quería acostarme con ella. Quería tocarle algo, una teta, agarrarle una pierna. Pero no así.

–¿Y ahora no quiere tocarle nada?

–No es eso, profesor: Pero no necesito tocarle nada. Se lo juro. Usted no va a entender nunca eso, yo estoy casi seguro.

–¿Por qué?

–No sé. ¿Por qué me preguntó si no deseaba a la mujer que yo amaba?

–Mire, Paco, es tarde –dijo él–. Lo siento mucho, incluso me interesa mucho lo que usted está hablando, pero debo irme.

Lo vi temblar otra vez. Lo vi rascarse y temblar y pisarse los pies y meterse los libros bajo el brazo y sonreír con un gran cansancio. Sentí una gran lástima y hasta un poco de arrepentimiento de haberle dicho ciertas cosas, de haber hablado del amor de esa manera porque estaba seguro de que él no amaba hoy así y debía en cambio sudar la gota gorda por sus hijos.

–¿Usted estudia segundo año? –preguntó.

–Sí –le dije–, estoy comenzándolo.

–¿Y qué tal le va?

–Muy mal –le dije.

–¿Por qué?

–Porque estoy dedicado a ella. Todas las semanas tengo que leerme un libro y comentárselo por carta. Las cartas se las entrego. Además tengo que escribirle una historia, un cuento, y además tengo que hacer algo que ella no sepa y que sea digno, que sea hermoso, para creerme digno de ella.

–Es muy hermoso eso –dijo el profesor.

–Yo creo que sí –le dije.

–Pero en cambio le va mal ¿no?

–Sí –le dije–, muy mal. Mejor dicho: no me va.

–Bueno ¿y no ha pensado una cosa?

–¿En qué?

–¿El día que usted y ella se junten? Tendrá que trabajar, ¿verdad?

–No, si puedo.

–Pero ¿y si tiene que hacerlo?

–Lo hago.

–¿Y usted no ha pensado que ella merece que usted llegue a ser un gran arquitecto?

–Tal vez sí, tal vez no: depende.

–¿Depende de qué?

–Profesor –le dije–, tengo la boca seca, se lo juro. ¿Me permite brindarle algo? ¿Un café? Tengo algo en la cartera.

–Hágalo pues, yo espero.

Me estaba cayendo bien el tipo. Fui y pedí dos café con leche pequeños y regresé haciendo equilibrio. Esta vaina de haber buscado el café la cuento porque la vi. Ella apareció. Apareció en la puerta del cafetín y yo vi como una maravilla de luz dorada en la puerta: que me lleven al manicomio si no sentí (no vi, es verdad, sentí) la luz dorada en la puerta (pero también la vi, lo juro, la sentí y la vi) y ella fue lo único y sentí como una cosa no eléctrica como dicen, sino peor: toda la energía de la vida, del mundo, brotaba por los poros de su piel. Me quedé como un pendejo y no avancé y me quedé todo el tiempo ahí mirándola y ella se sentó y me dio la espalda. De repente la risa de alguien me hizo caminar y llegar hasta la mesa del profesor. También reía.

–Lo vi –dijo–. Lo tiene muy enamorado, se nota.

–¿Se nota, no?

–Sí, se nota –dijo él.

–Me alegro que se note –dije–. Así lo nota ella también.

–Qué cosas –dijo el profesor.

Ahora se reía de verdad y no con flojera como antes. Eso me alegró muchísimo. Ver a ese tipo que antes se rascaba el cráneo y todo lo que tenía, verlo reírse y menear la cabeza y hasta la mirada le había cambiado, había algo en cada ojo, lo juro, había como un poco de espesor, algo como de materia de luz en los ojos.

–Y dígame una cosa ¿no se asusta al verla?

–No. Antes sí, cuando no se lo había dicho. Después no sentí miedo. Todo lo contrario: es algo como una cosa única, es como si centralizara todo, como si ella fuera capaz de absorber toda la realidad del escenario donde camina y lo concentrara adentro y después me lo enviara a mí de un golpe. Es algo extraordinario: incluso, no sólo no siento miedo sino que me encanta decirle que la amo. Es algo muy extraño, pero es así. Palabra.

–Qué cosas...

–No me asusta, pero sucede algo en mí que no había antes: me cargo de algo. Me cargo de algo potentísimo. Supongo que pongo la mano sobre la cabeza de alguien y se la quemo.

–A eso lo llaman electricidad pura.

–Supongo.

– Bueno, Paco –miró la hora–, hemos hablado bastante –me miró a los ojos– y ya tengo que irme –me miró a mí– y espero que usted se porte mejor que antes –volvió a ver la hora–. Pórtese bien. Trate, al menos.

–Seguro –le dije.

Se paró de la mesa, cogió los libros y se fue. Kika tampoco estaba en su mesa. Las dos gallinas sí. Yo me levanté y llamé al muchacho. Le pagué y me fui. Pero Kika tampoco estaba en los bancos de la entrada de la Facultad y tampoco estaba afuera en el estacionamiento y tampoco vi su automóvil y ya debía estar cogiendo la curva para pasar frente al estadio de fútbol y la Escuela de Biología para detenerse y virar hacia la izquierda y pasar entre el gimnasio cubierto y las residencias y después frente a las canchas de tenis y luego la calle central y la salida hacia la Plaza Venezuela, y la imaginé manejando con el brazo quebrado, el codo apoyado en la baranda de la ventanilla y la otra mano en el volante y vi su pulserita de oro con la manita negra colgándole de la pulsera y la imaginé irritada por el tráfico y los automóviles que se apelotonaban en el momento en que Kika intentaba esquivar un camión y aprovechar un hueco que quedaba entre los autos y después no la vi, estaba ahí en el estacionamiento, al lado de la mata donde un día le juré que me importaba un pito que ella no me quisiera y pensé que era una lástima que yo no siguiera con ella, junto a ella, en el auto, en vez de unirme a mí, a mis cuatro ideas gastadas y mi cero dinero que tenía en el bolsillo y mis cuatro cigarros que me quedaban y el hambre que comenzaba a sentir la flojera que me daba tener que buscar al único amigo que tenía carro y que a veces, si no estaba deprimido, me llevaba hasta la casa a pesar de la queja y de la expresión de desprecio que ponía cuando yo le reía y le daba las gracias. Todo y porque yo le dije, Kika yo te amo, y ella lo supo y me mantuvo jodido.

Francisco Massiani

Florencio y los pajaritos de Angelina su mujer

A Milagros Naranjo

Angelina y Florencio, su marido, no contaron con la fortuna de gozar de la quebrada Chapellín, cuando era un milagro de agua pura nacida de la montaña del Ávila.

Cuentan que era tan luminosa y transparente que los que afirman haberla conocido la evocan comparándola con una gota de lluvia traspasada por el sol, y que sólo por los meses de invierno, y sobre todo a partir de Julio, el agua se alborotaba, y ocultaba a los ojos del cielo, la arena del fondo, que era tan fina y sólida, como el filo de la hoja de un cuchillo de acero.

Amparaba a todo ser sediento, recuerdan con nostalgia las flores y los árboles frutales y los bambúes que sobraban a lo largo de su curso, y también que en días radiantes las piedras pulidas y sobresalientes ganaban dorados inigualables. Aseguran haber sorprendido pájaros y especies de animales con alas o sin ellas y peces de colores indescriptibles y que, a menudo, era tal la variedad de los que revoloteaban encima o se dejaban llevar por la corriente que, al confundirse entre sí, dibujaban figuras tan engañosas y de tan deslumbrante apariencia, tamaño y rareza, que les resulta aún difícil aceptar su procedencia del alto de las cimas de la gran montaña y no de un mar secreto dormido desde el comienzo de la vida o del mundo, bajo su inmenso vientre.

En aquella época descendía feliz, atravesaba el Puente Morillo, y luego perdía anchura y vigor, se ensombrecía bajo el Puente Chapellín, y continuaba fiel a la naturaleza sin otros tropiezos o caprichos que no fueran aquellos que inventara Papa Dios.

Cuentan que fue embaulada, y de ese modo la tierra por donde descendía se secó con el tiempo.

Entonces, no sobraron los desamparados que, con la tenacidad que fortalice la pobreza, se procuraron materiales sobrantes de construcción, donde no faltaron las vigas oxidadas, el zinc, el cartón piedra y madera de embalajes olvidados y con ladrillos y cementos, y también barro y caña, no tardaron en improvisar cientos de viviendas de diferentes proporciones entre sí, al colmo que más que un barrio ganó el aspecto de un descomunal edificio derrumbado sobre la tierra.

Sin embargo, en invierno, cuando llegan los aguaceros, el agua enlodada alcanza más de una cuarta de densidad y, ayudada por la pendiente del terreno, se violenta, penetra por los callejones, salta por las estrechas escaleras y arrastra todo lo que encuentra sin peso y consistencia y crea la desesperación de los humanos y animales, transformando el barrio en una calamidad.

A Angelina y Florencio, fuera del sufrimiento de los que no conseguían salvarse del mal tiempo, lo que más le causaba desazón era la proximidad de la familia vecina, por encontrarse separada sólo por un muro y porque la familia que la habitaba era insoportable.

Pero a Angelina, para su asombro, esa mañana no le molestaron los carajitos, ni las concubinas que compartían el perpetuo alboroto de los niños con el padre de los gritones. Siendo una mujer de un humor envidiable, sólo el mal tiempo combinado con esa familia infernal le endurecían el alma, y aún así, después de tomarse el primer café, solía cantar las cuatro canciones que conocía de memoria. Pero esa vez no lo hizo. Ni siquiera después del baño. Ni por haber comprobado que no habría lluvia. En cambio, al despertar a Florencio, le exigió que la oyera de verdad verdad, porque lo que tenía que decirle era una vaina muy seria.

Florencio era pintor de brocha gorda, poeta y filósofo como lo admitían sus admiradores más cercanos del barrio, pero cambiaba de oficio con tal de contar con su compadre Joaquín, quien lo orientaba por ser más audaz y poseer un mayor conocimiento del barrio de La Florida. El compadre, además de servir en la ferretería, era pintor de brocha gorda, plomero, albañil, electricista, jardinero, carpintero y hasta relojero. Todo dependía de la suerte, y días atrás los había tocado al brindarles la ocasión de blanquear las paredes de las fachadas de una quinta. Lo que los condenó a tres semanas ajustadas al trabajo, pero también les brindó la seguridad de un mes completo con los bolsillos llenos. Pero la euforia de haber vencido la sed de alcohol por cambiar la casa de un color pendejo a uno tan blanco como la de un cuento de hadas, los arrastraría, después de haber recibido los billetes en un sobre tan pulcro como la casa, a una bebedera y comedera enloquecidas. Y los días y las noches se juntaron, como también los compañeros de trago y hambre por encontrarse con una pareja perfecta para desquitarse de las penurias de la vida. De manera que tanto Joaquín, responsable del contrato y del Tesoro, como Florencio, su compinche en el trabajo y la fiesta, derrocharon más de la mitad de la paga, para vivirla sin apuros, ni deudas, ni tristezas de carteras vacías, en menos de una semana.

Florencio ocupaba una de las tres sillas de palo de la única mesa de la pareja y llevaba tiempo sin moverse y sin hablar. Tenía montado los codos sobre la tabla y la cabeza encajada entre las manos. Al oír a Angelina, le imploró que se esperara, que se sentía mal, que estaba muerto.

Poco antes, al despertar, después de vaciar los males del estómago y pasar más de diez minutos bajo el chorro de agua fría, se alivió del malestar madrugador, pero al vestirse y encontrar la cartera vacía, el miedo lo llevó a tumbar los cojines desarreglados por el sueño intranquilo, de un modo tan descontrolado, que temió haber sido atrapado, y esta vez sin cura, por la total demencia. Pero al palparse la media derecha y sentir el bulto inconfundible, creyó nuevamente en Dios y en su misericordia, y le pidió a todos los santos que lo perdonaran.

Angelina se acarició las manos. Luego se fijó en las líneas de la mano izquierda. Recordó que Juanalú le había asegurado un porvenir de salud afortunado y la voluntad inquebrantable, y tanto como para poder soportar la pobreza y la soledad, tan difícilmente llevadera, hasta pocos días atrás. Según Juanalú, el monte de Venus, abultado, revelaba su profundo humanismo, su total carencia de mezquindad y su ilimitada capacidad de entrega en el amor. De ahí, le explicaba Juanalú, su capacidad de cambiar los períodos de congojo o los arrebatos de cólera de Florencio, en sentimientos tan opuestos como los que se alimentan y brotan de una verdadera pasión.

Todos los seres que conocía en su vida, hombres y mujeres, alababan sus manos, y ahora las encontraba maltratadas por el trabajo. Eran manos fuertes sin dejar de ser sensuales, y sus gestos eran precisos. Revelaban un espíritu sensible, y de una feminidad que sólo desaparecía por momentos, al ser agredida por Florencio, cuando se desbordaba en un machismo desaforado. De poca frecuencia, sólo sucedía si perdía la indispensable mesura en la bebida, o si terminaba atrapado con insomnio, sin alcohol, y con luna entera.

–Mis pobres manos –dijo.

Angelina golpeó la tabla repetidas veces, desde el meñique hasta el pulgar, al tiempo de rascarse la sien con la otra. Lo repitió una y otra vez. Entonces Florencio cerró los ojos: no pudo evitar la visión de un caballo con el hocico abierto y los ojos desorbitados, en una carrera fatal. Al abrirlos y fijar la vista entre sus dedos, el movimiento logró paralizarlo por un instante con una expresión de más terror que la del jinete invisible que saltaba sobre la fiera, y le rogó por todos los santos que dejara el caballo en paz.

–¿Qué caballo, Florencio?

–El caballo, Dios mío: las manos.

–¿Qué pasa? ¿Estás loco?

–La mano, por Dios, Angelina: déjala en paz.

–Tienes una cara horrible –dijo ella–. Estás sudando.

–Coño, Angelina, por supuesto. Es el ratón, ¿entiendes? Me encantaría que algún día sufrieras una vaina de éstas. Entonces no te reirías tanto.

–No me estoy riendo. Es que si te vieras.

–Me imagino. Coño, sigue riéndote.

Ella se calmó, y dejó en cambio una sonrisa que llenó de frescura toda su cara.

–Si supieras –dijo Florencio–. Si supieras lo que es esto.

–Y eso que te has tomado tres o cuatro cervezas.

–Cinco.

–Y sigues mal.

–Muy mal. Fueron muchos días de caña.

Entonces arrimó una silla y se sentó a su lado, de perfil a la puerta. Florencio se inquietó al verle los ojos, siempre blandos, con una humedad amarillenta, endurecidos por una preocupación nueva. Fue cuando Angelina dijo:

–Mira, mira Florencio, mira hacia arriba.

Florencio la imitó. Al levantar la cabeza, experimentó la impresión de sentir la vivienda desprenderse de la tierra y se entregó al riesgo de buscar como único apoyo las patas traseras de su banco. Las vigas de hierro y madera cargaban, como siempre, con el peso de las láminas de zinc y de asbestos para proteger la existencia de la pareja. De una viga mayor encajada entre dos muros, colgaba un cable y abajo un bombillo. El esfuerzo de bajar la vista le concedió la esperanza de considerar el suelo de la vivienda, completamente pegado de la tierra. Luego se secó la cara con la manga y se frotó el sudor de las manos con el pantalón. Las sorprendió frías y temblorosas.

Se sujetó del banco y sólo después de suspirar y permanecer un instante con la cabeza baja, comentó que no había encontrado nada nuevo. Las vigas de hierro y madera cargaban como siempre con las láminas de asbesto y de la viga mayor, encajada entre dos muros, colgaba el cable del bombillo, sin cambio alguno.

–¿Qué pasa con el techo Angelina?

–Estás pálido, Florencio.

–De acuerdo: ¿pero qué pasa con el techo?

–Nada. Olvídalo.

–Qué buena vaina. ¿Qué pasa con el techo? ¿Hay goteras?

–No. No es eso.

–¿Entonces?

–El bombillo

–Bolas. Ahorita como estoy, si me subo a la escalera me mato.

–No es eso, Florencio: no está malo.

–Entonces, ¿qué pasa?

–El bombillo: no le quito los ojos de encima.

–¿Al bombillo?¿Te quedas mirando al bombillo?

–Sí, al bombillo.

–¿Y esa vaina?

–No sé.

–¿Desde cuándo es eso?

–Desde hace unos días.

–¿Te le quedas mirando?

–Y si no lo prendo no me quedo quieta.

–¿O sea que tú prendes el bombillo todo el día?

–Casi todo el día.

–Qué vaina contigo. Con lo caro que está todo: imagínate

lo que puede costar un bombillo prendido todo el día, además del bombillo, ¿no?

–Yo nunca me he quejado, Florencio.

–Las brochas, la pintura.

–Y el aguardiente.

–También.

–Y los cigarros: tú no sabes lo que es dormir con una tos toda una noche. Y no me quejo.

–Pero la tos no cuesta nada.

–No. Claro. Porque el dormido no la siente.

–Ah vaina. Coño, me voy a volver loco. ¿Entonces qué quieres que haga?

–Lo peor es que me voy a quedar ciega.

–Pero entonces ¿por qué no te fijas en las cucarachas? Hay de sobra. O sales y ves las nubes. Tú te la pasas mirando las nubes a ver si llueve ¿no? O sales a la calle y hablas con el diablo o ves el paisaje.

–Cuidado Florencio.

–Bueno, está bien. O inventas que vuelas y así te escapas de este encierro. ¿No? Inventa cualquier cosa Angelina, porque si no te quedas ciega, te vas a volver loca.

–A lo mejor lo estoy.

–No, no lo estás. ¿De qué te ríes?

–Que tú me dices que me imagine que vuelo. Sabes que soy muy gorda para pensar que floto.

–Florencio tosió una risa seca. Sintió que toda la sangre se juntaba en la cabeza, que podía estallarle, y aun así no contuvo la risa por un momento. Al controlarse, sacó un pañuelo del bolsillo del pantalón. Estaba salpicado de manchas de nicotina. Se secó las lágrimas y la flema, se sopló la nariz y lo guardó en el mismo bolsillo.

-Entonces, mira el cuadrito, coño. Uno pierde el tiempo tratando de poner bonita la casa y resulta que la señora prende un bombillo para quedarse quieta. No joda. Siempre creí que te gustaba -dijo con amargura.

-Y me encantaba. En serio. Pero hasta que llegó la manía.

Florencio se fijó en el paisaje. Lo tenía pegado con cola, en la pared de la puerta y solía gustarlo sin necesidad de moverse de la mesa. Lo había deshojado de un almanaque europeo.

Al descubrirlo entre los desperdicios de una mudanza, a Florencio le maravilló la naturaleza, que desde muy joven soñaría con conocer. Y, sobre todo, la calma del lago: copiaba con tan fidelidad y pulcritud la realidad de las hojas doradas y el brillo de la nieve en los picos, que al verlo creyó presenciar un juego de fotos idénticas pero unidas al revés. Pero, después de observarlo en su casa, la aparición de un bote oculto entre los troncos y protegido por la sombra le permitió la orientación debida de la realidad. Y fue así como dejó la montaña de verdad verdad hacia arriba, antes de pegarlo en la pared.

Por un tiempo, le sirvió como entretenimiento con los pocos amigos que Angelina toleraba en casa, en pequeñas apuestas sobre cuál era el más atento, o el más ciego al buscar el bote. Y después lo siguió usando con extraños que lo buscaban para ofrecerle trabajo, en el juego del bote escondido.

Le permitía a su vez soñar con otros países, pero sobre todo le aliviaba el cansancio de la vista, obligada a soportar, por muchos años, a pintar siempre, por días y a veces por semanas enteras, con un solo color. Y también del calor, recrudecido por la monotonía de un escenario donde no variaban los ruidos, ni otros adornos que no fueran los de la ropa colgada entre los ranchos, las antenas de televisión, y las banderas, los días de fiesta. Sólo los chismes y los cuentos de violencia o de la desgracia ajena cambiaban, para resultar finalmente siendo iguales pero con nombres y apellidos temporalmente diferentes.

–Antes le gustaba –pensó.

Reconoció que el tiempo lo había opacado con una veladura amarillenta, pero en todo caso era preferible a mirar un bombillo todo el día. No encontraba explicación para la manía estrenada por su mujer, como tampoco una solución urgente, pero era apremiante que Angelina se dejara de esas pendejadas si no quería quedarse ciega y estúpida para toda la vida.

Entonces Angelina respiró profundo y después de fijarle los ojos, aún más crecidos que al inmovilizarlos en el bombillo, le habló, pero con un desmayo en la voz y pausas tan exageradas que Florencio temió por su cordura y experimentó una angustia semejante a una noche cuando, en días de luna de miel, de mosquitos, de aguardiente y placeres descontrolados, la encontrara desnuda, empapada de ron y jurándole entre lágrimas no faltar a la promesa de ser su única puta para toda la vida.

Florencio sinceró una preocupación insostenible. No entenderle una sola palabra, y finalmente, después de aconsejarle un poco de calma, le recomendó un jarabe para la tos, dos aspirinas y un vaso de leche caliente.

    -No te entiendo -dijo ella.

    -El que no entiende soy yo.

    -Porque no te da la gana.

    -Tómate algo para la garganta -dijo Florencio-. A lo mejor podemos hablar.

    -No seas pendejo. Yo no tengo nada en la garganta. Y mírame cuando te hablo.

    -Fíjate: ahora hablas clarito.

    -Y ahora voy a hacerlo mejor, Florencio. Porque me daba cosa pedirte el favor.

    Angelina sonrió. Entonces inició un balanceo del tronco, desde la butaca hasta la cabeza. Seguía un ritmo que a poco se acompañó del susurro de una canción de cuna. Era la canción de cuna más vieja que conocía la pareja y todos lo que habían nacido en su tierra. Del susurro pasó a cantarla, y su voz crecía tibia y de una sonoridad sedante. Del estómago fluía para agravarse en la garganta, tan espontánea, que más bien parecía emanar del fondo del aire. Al debilitarse permaneció resonando como si alguien la siguiera de muy lejos con la misma ternura. Y fue el ladrido de un perro lo que la apagó.

    -Mi amor -dijo ella.

    Y confesó el deseo, con el pudor de las criaturas acostumbradas a decir muy poco por temor a la desilusión. En su caso, además del temor, la acompañaba el orgullo de no haberse olvidado en ningún momento de haber llegado al mundo sin otra protección que los olores de la madre y la comadrona.

–No te oí nada –dijo Florencio.

–Que me pintes pajaritos en toda la casa.

Angelina repetía el golpe de los dedos. «Que no te oí», le oyó decir a Florencio y entonces repitió la frase, pero tan acelerada que podía notarse el atropellado esfuerzo de completarla sin perder una sola palabra.

–Quiero que me pintes pajaritos.

–¿Pajaritos?

–Sí, pajaritos.

–¿En dónde?

–Ahí –dijo. Cabeceó como un toro y señaló con los labios apretados el muro de la puerta–. Y ahí –dijo y señaló entonces el afiche–. Y en donde puedas. No tienen que ser muchos, pero píntalos, por favor.

–Pero, ¿para qué?, coño, no entiendo.

–Por favor, Florencio. Nunca te pido nada.

–¿Y entonces?

–Tendría que ver los pajaritos pintados para ver qué pasa.

–¿Y si no resulta?

Angelina apoyó la cabeza sobre el puño del brazo acodado:

–Si no resulta, no te pido más favores. Tendré que conformarme con el bombillo.

–¿Pero tú prendes el bombillo cuando te quedas sola? ¿De día?

–¿Y qué quieres que haga? No te fastidies, Florencio –se le humedecieron los ojos–. Pero es que, prendido o no, me le quedo mirando y hasta que no lo prendo del todo no me quedo quieta. No sé qué me pasa. Fíjate que tengo los ojos rojos todo el día.

Florencio consideró en serio a los pájaros de Angelina. «Mejor es que le pinte todos los pájaros que quiera. Lo único que falta es que se quede ciega.»

–Tendrás tus pajaritos, pero después no te quejes de sentirte encerrada en una jaula llena de pájaros como una guacamaya abobada por un bombillo.

–O me pintas mis pajaritos –dijo– o te quedas sin arepas, sin cervezas y sin Angelina. Ya lo sabes.

Ya no era la Angelina tímida y pudorosa, ni tampoco la muñeca de ojos sorprendidos por el temor.

Luego Angelina se vistió con un vestido blanco, de tela ordinaria, regado de flores por todas partes. Se amarró el moño con una cinta roja y se pintó la boca con el mismo color. Cuando apareció, Florencio sintió un leve aroma de perfume nuevo y le vio los únicos zapatos que usaba sólo para ocasiones especiales. Cargaba una cartera de plástico azul y de las orejas pendían dos aretes grandes de plástico rojo. Florencio consideró prudente florearla. Y le dijo que estaba linda.

–Marico –dijo Angelina.

La vio salir por el callejón y sintió una leve opresión en el pecho. Se sintió desamparado, como la vez cuando Angelina lo dejara por cinco días y cinco noches después de cachetearlo, llamarlo marico y desaparecer en bata sin dejar rastro. Esa vez, Angelina lo esperó toda una noche para celebrar la primera noche de amor en su vida conyugal. Se había perfumado y había perfumado la casa con margaritas y claveles y le había preparado un pasticho, y en cambio recibió en la madrugada, a un Florencio borracho, con tres borrachos desconocidos, cantando «Las mañanitas».

Luego de regresar Angelina, Florencio se acercó hasta la puerta. Al abrirse se pegaba contra la pared. De tal manera que cerró la entrada, para descolgar de un clavo una chaqueta de casimir azul que a pesar de los años mostraba su original calidad. Esa chaqueta le sobraba sobre los hombros, sobre las mangas y llegaba a cubrirle hasta las rodillas. El modelo le causaba gracia a los amigos, tanto, como los pantalones, que por haber sido regalados por un señor demasiado bien alimentado parecía más bien una falda cocida entre las piernas. Florencio, que era más bien de baja estatura y magro, se los sostenía con un cinturón de su mujer. A pesar de despertar bromas entre los compañeros de trabajo y los amigos, para Florencio era ideal, ya que le proporcionaba más soltura y ventilación en el trabajo.

Se acomodó la chaqueta y, cuando abrió la puerta para salir, Angelina le gritó:

–¡Espera! ¿No vas a trabajar?

Sintió un corrientazo frío por la espina dorsal y se le estremeció el cuerpo entero con un calor frío. El susto le paralizó el cuello de tal manera que se vio forzado a darse vuelta completo para darle la cara.

–Coño, ¿qué pasa ahora? –dijo.

–Te pusiste pálido –dijo Angelina sonreída.

–Pendeja. Un susto así puede matar a cualquiera. Adiós. Vengo en la tarde –dijo Florencio.

Afuera haló la puerta de un tirón. El cansancio y el susto le endurecieron la musculatura de las piernas y tardó un tiempo, que colmó con angustia y dolor de huesos, en apartarse de la puerta y de la presencia de Angelina, quien le gritaba ahora, le recordaba entre risas, por los pájaros. Florencio se apoyó en el muro antes de bajar por el callejón. Antes de llegar a la calle, imaginaba a Angelina, apoyada en la húmeda oscuridad de la vivienda.

Al salir del callejón, el sol lo cegó y lo aturdió al extremo que hasta no llegar a la calle principal, pensó que la luz infernal del día, además de ciego, lo había dejado sordo. La emoción del susto le endureció las pantorrillas.

Florencio se sintió, después de haberse alejado de Angelina, de los bombillos y de los pajaritos, y sobre todo con las cinco cervezas encima, ligeramente aliviado, pero aún le costaba caminar y sentía el camino exageradamente largo y penoso porque el sol se había levantado temprano sin considerar el desgaste de los años de trabajo y el aporreo de los días de celebración. El sentimiento de culpa le producía una leve opresión en el pecho y la impresión de haber perdido algo sagrado que sólo podría ser recuperado con el castigo del cuerpo en alguna labor heroica. Pintar pájaros para Angelina lo era, y de pensarlo, la esperanza de complacerla le brindó un leve entusiasmo.

Florencio acostumbraba caminar cabizbajo, tal como lo hacen los niños después de estrenar los primeros zapatos. La costumbre la había heredado desde la infancia, pero no por el entusiasmo de zapatos nuevos, sino porque solía jugar a no pisar las rayas que dividían el pavimento de las aceras o los mosaicos de las casas. Pero posteriormente, olvidado del juego, le ocurría que, además de bajar la cabeza, se le sorprendía con frecuencia dando saltitos, pero era por miedo a matar una hormiga o algún bicho por los que sentía un profundo respeto y cariño. De tal manera que con el tiempo le apareció una joroba de las que nacen en los seres demasiado tímidos y desafortunados en la vida. Florencio era pobre pero no se consideraba desafortunado. Además del miedo a aplastar bichitos, cargaba con una timidez enfermiza y tan vieja como el día que le llevó a evitar las muchedumbres y las fiestas de extraños; fue cuando a Angelina se le ocurrió invitarlo a bailar enfrente de sus parientes, sabiendo que Florencio sólo bailaba si había bebido demasiado o si lo dejaban solo en su casa. Sin embargo, el defecto lo ayudaba a soportar mejor el peso de las vigas y de la escalera, fuera de salvarlo de las caídas que son inevitables en el trabajo de albañilería y el de peatón en una ciudad donde jamás se han preocupado por los seres que tienen piernas en vez de cauchos. Resultaba difícil que después de pocos minutos de haber entrado en una casa no conociera el número de chiripas o cucarachas diurnas que juegan a pasearse en el día para calmar el hambre o el insomnio de la noche anterior. Lo único malo eran los tropezones con árboles y postes y hasta con puertas y muros, si por casualidad pasaba del encantamiento de las primeras copas a la total y absoluta plenitud de la borrachera.

Florencio pensaba en el trabajo y en la necesidad de beberse un ron antes de trabajar para calentar fuerzas. Se dirigió a la ferretería donde trabajaba Joaquín, y después de saludar al dueño lo buscó al fondo del negocio entre los anaqueles de pinturas.

–¿Cómo se levantó compadre?

–Bien –dijo Florencio–, un poco cansado. Nos tomamos todo el ron del mundo.

–Pero estaba sabroso, compadre.

–¿Me prestas la escalera?

–¿Y usted va a trabajar con ese montón de ron sin un buen sueño?

–Igual que usted compadre: no queda más remedio.

Se dirigieron a la entrada de la ferretería y se asomaron a la puerta. En frente, por la calle Real de Chapellín, se entrecruzaban todos los autos, camiones y los pocos peatones necesarios para comprobar que ya era de día. Florencio se había despertado dos horas antes, pero ahora se despejó del todo.

Al cruzar la calle, se encontraba en la acera de enfrente, y un poco más abajo, cerca del puente, el muro del taller mecánico. Sobre el muro había un pájaro solitario. No podía ser otro que un azulejo. El azulejo, de un azul más intenso que el cielo, brillaba bajo el sol. Pensó en Angelina y sonrió. «Si logro agarrarlo se lo llevo a Angelina. Lo amarro de la pata de la mesa y lo pinto igualito por todas partes. Porque si lo pinto de memoria me sale un rabipelado».

Joaquín le prestó la escalera y se extrañó de la ocurrencia.

Florencio no previó que el muro pedía una escalera mayor. Cruzó la calle pensando en el azulejo y no escuchó el saludo de un vecino. El hombre había murmurado: «se volvió loco otra vez», pero Florencio no le dio importancia; que el mundo entero creyera lo que le diera la gana. Después de todo, la carencia del interés por las opiniones ajenas era uno de los pocos privilegios de los pobres y Florencio no sólo tenía consciencia sino también orgullo de serlo. El vecino, después de dejar pasar un camión, se detuvo y se fijó cuando Florencio acomodó la escalera de perfil al muro.

La abrió y la arrastró hasta sentirla segura para trepar el primer peldaño, con tanta ansiedad que parecía temer que la escalera se echara a andar por su cuenta y lo abandonara como temía que el pájaro pudiera abandonarlo y dejarlo solo y con la amarga compañía del vecino. Se confió a la armazón, lamentó no encontrarse cerca de un pedazo de madera para procurarse la buena suerte de Papá Dios y buscó la altura. Fue cuando se atrevió a alzar la vista: el azulejo se encontraba tan quieto que Florencio llegó a temer que fuera de cuerda. «Si es de mentira, lo pinto igual. Se lo llevaré a Angelina, de eso estoy seguro. Pero de cuerda no es igualito a uno de verdad», pensó. Y habló bajito: «A veces los embustes son más reales que la verdad». Sin embargo, no por eso dejó de sentir un calor que de inmediato se transformó en un sudor helado en la frente.

El vecino, a unos pasos, atendía con curiosidad los movimientos de Florencio sin entender qué podía buscar sin pote ni brocha con la escalera pegada del muro del taller de reparaciones de autos. Otro vecino se le acercó:

–¿Qué estaría haciendo Florencio? –murmuró el primero.

El otro sonreído, se frotaba los ojos. Luego se sopló la nariz con un pañuelo arrugado y húmedo. Tenía las córneas de los ojos amarillentas y con vetas sangrientas.

-¿Cómo que anda resfriado, hermano? -preguntó el primero.

-Las lluvias -dijo el segundo-. Me resfrié sin darme cuenta. Ambos observaban a Florencio. El segundo vecino se guardó el pañuelo en el bolsillo del pantalón y comentó que Florencio estaba loco.

El otro dijo:

-Pero fíjate que ahora lo está más que nunca. Con la escalera pegada a la pared a esta hora sin brocha ni pintura.

Se rieron con flojera procurando que Florencio no los escuchara. Porque podía estar loco, pero no sordo y menos idiota y de paso temían molestar al filósofo. A Florencio, la sorna de los amigos sólo le resultaba intolerable si la acompañaba el bolerista. Era un hombre, que aún serio y sin hablar, resultaba insoportable.

Realmente lo de esa mañana era un presagio. Un día perfecto. El pájaro a punto y el buen humor del bolerista. Venía del barrio, con una gorra de béisbol, una franela rayada y un pantalón de pana. Perdió tres arrugas de la frente y sonrió apurando el paso para joderle la vida. Una de las pocas cosas, entre las canciones y los amores que ganaba y perdía era el mismo día del triunfo y de la derrota, después de haber llegado a la novena cerveza, que alegraban su humor de bolerista en permanente despecho.

-¿Qué vaina es esa, Florencio? -gritó.

Florencio lo escuchó, y sin verlo notó que en la noche anterior había cantado y fumado lo suficiente como para amanecer peor y más maltratado que nunca. A pesar de los tragos, Florencio conservaba intacta esa parcela de la memoria reservada para los que no lo estimaban, procurando el bien para la humanidad entera. Y el bolerista, a pesar de haber nacido idiota y mal bebedor, formaba parte de la tierra. De tal manera, que sin responderle, siguió escalando hasta pararse sobre el peldaño superior, apoyado con una mano en el muro, y sintiendo que el suelo le sacudía los huesos de las piernas. «Las tengo peor que nunca», pensó. «Y de paso, garganta de oro. Siempre se asoma un pendejo en una buena faena», se dijo. «Pero si le pido que se calle, capaz que me cante "La que se fue"».

Florencio le respondió con la mayor serenidad que se fuera a la mierda.

Fue cuando José el bolerista perdió la sonrisa que lo había rejuvenecido. «Estoy loco», pensó. Entonces corrió sintiendo que la calle flotaba como una tabla, ladeándose con las pisadas, a la vez que la vista se le tornaba borrosa como si le hubiesen aceitado las pupilas. Después de cien metros, logró llegar al abasto de Manuel, el portugués, y luego de espantarlo, sudado y pálido, se apoyó en la mesa contadora y esperó varios segundos forzando los pulmones hasta conseguir una respiración humana. Manuel se atrevió a preguntarle qué le sucedía.

–Acabo de ver a Florencio volando –dijo–. De verdad, Manuel, ven a verlo.

–¿Qué te pasa, José, te sientes bien?

–Te juro que es verdad, Manuel –se llevó el pulgar y el índice pegados a la punta de los labios–. Te juro que vi a Florencio en el aire. Por favor, te lo ruego. Tienes que acompañarme a verlo.

Más de cuatro clientes del negocio se habían acercado a José.

–Vengan a verlo –se empeñó.

Manuel y los otros lo siguieron. Primero asomándose desde la puerta del abasto para evitar el fastidio de verse obligados a perder el tiempo y después caminando con Manuel en la delantera y José resoplando y sobándose el pecho, tres o cuatro metros atrás, trotando y por último corriendo para comprender lo que de lejos era la verdad de lo que, de la boca de José, parecía más bien la estupidez de un borracho amanecido.

Al llegar, un grupo de curiosos se encontraba alrededor de la escalera formando un círculo, inmóviles, observando lo que les resultaba imposible presenciar, mientras los automóviles que se habían detenido frente a la escalera se vaciaban dejando las puertas abiertas para aumentar el número de espectadores y el de las maldiciones y las estridencias de las bocinas de los que no podían tolerar que se detuviera la marcha del tránsito. Los afortunados en ver lo que era tan maravilloso como un sueño, continuaban paralizados, enmudecidos y perplejos, reflejando en sus rostros lo que sólo es posible descubrir cuando se vive toda una existencia sin sorprenderla como un sueño.

De lejos semejaban un extraño pedestal hecho con un montón de figuras pintadas de diferentes colores, como una estructura moderna y tan liviana que se encargaba de sostener sin tocarla una sombra mal vestida.

–Florencio –gritó Joaquín que había dejado la ferretería y no se atrevía a buscar a Angelina o bien permanecer parado bajo Florencio para recibir la caída.

–Ve si bajas viejo, que estás en el aire.

Florencio comprobó que era sólo el sol lo que lo sostenía

bajo los pies. «Estoy en el aire», se dijo. El miedo que sintió se le transformó en temor de plumas: el azulejo voló de las manos, vio la escalera abajo, la cara de pavor de los vecinos y los ojos de Angelina llenos de azulejos. Sintió vértigo.

Entonces Florencio dudó. Nunca había sentido un vacío mayor, como al momento de la caída. «Dios mío», dijo. Y se derrumbó.

«Florencio se mató», gritó una mujer. «Me está saliendo sangre», dijo Florencio en voz bajita. «Y tampoco estoy muerto», dijo ya con un chorro de sangre en el pómulo derecho. «Los poetas no se mueren», gritó cuando alguien repitió que ya era un muerto de verdad verdad.

Antes de llegar a ver a Angelina, la sangre del pómulo y el dolor de las costillas eran de espanto. Angelina al verlo se llenó de angustia y pegó gritos a todos los que lo ayudaron a echarlo sobre la cama.

–Es un santo –dijo el bolerista en la puerta atestada de gente del barrio.

–Cállate, pendejo –dijo Florencio desde la cama–. Vas a despertar a los pajaritos de mi mujer.

Francisco Massiani

Francisco Massiani